KB240171

강한 여자가 아름다운 이유

# 강한 여자가 아름다운 이유

김가영

미래문화사

# 책 머리에

정체불명의 우울, 무력감, 권태감, 그것들로부터 탈피하고 싶어서 몸부림쳤다. 그럴수록 나는 더 초라해지고 나약한 존재임에 다시 치를 떨었다. 문화라는 세련된 허식, 아니 세련된 거짓말 속에서 나는 그 거짓말의 벽을 깰 용기가 없었기 때문에 늘 고독했다.

원칙이라는 문화의 벽. 원칙사회에서 살아온 시간 속에서 자존심 세고 자신감을 갖는 일은 오히려 불행이라고 하는 것을 배우며 살았다. 그래서 타인에게 의존하고 기대하며 살아온 그 초라함은 내게 부재감만을 남겨 주었다. 그 타인이라는 존재가 남편이었든, 애인이었든, 자식이었든, 친척이었든, 친구였든, 기대는 언제나 허물어지고 나의 몫은 실망뿐이었다.

지난날 나는 왜 그렇게 많은 것을 타인에게 바랐던 것일까? 잘 보이고, 보여지고 싶고, 존경해 주고, 사랑해 주길 왜 그렇게 바랐던가? 나약함 때문이었다. 자신이 없어서였다. 자기가 자기를 보고, 보아주고, 존경할 수 없다면 대체 누가 봐 줄 것인가 하고 인식하기까지에는 많은 시간이 걸렸다.

타인에게 기대하는 일도 마찬가지다. 내가 사회와 연관을 갖게 되면서 타인이 내게 기대를 하고 기대를 당하는 입장에 섰을 때, 내게 기대를 하는 그 짐이 얼마나 크고 우울한 것인지를 알았다.

자기가 아파 봐야 타인의 아픔을 알 수 있다. 아픔을 모르는 사람은 타인을 진심으로 사랑할 수가 없다. 모든 괴로움에서 도망치려는 생각만 하기 전에 그 괴로움을 철저하게 괴로워하는 편이 해결책이라는 결론을 얻은 것도 불과 얼마 전이다. 비로소 성장했다고나 할까. 아니 조금 강해졌다고 하는 편이 맞을지도 모른다.

사랑도 그렇다. 상대에게 의존하는 한 진짜의 관계는 성립되지 않는다. 자기 혼자서도 살아갈 수 있다는 강함이야말로 사랑의 괴로움에서 벗어날 수 있는 길이다. 서로의 관계를 유지하고, 서로 공존을 가능하게 하고, 그것을 지속하기 위해서는 자유를 가짐으로써 가능한 일이다. 언제든지 떠날 수 있다는 자유. 상대에게도 그 자유를 인정하는 일. 그것은 강함이다.

아름다운 여성은 자신감을 갖고 있다. 세상의 여성 전부가 자신감을 갖는다면 여성은 정말 강해질 것이라는 생각을 한다. 자신이 없는 인생이란 너무 초라하지 않는가?

1999년 10월

# 차례

# 무기를 든 여자

남자가 아름다운 여자에게 마음을 옮긴 채 돌아오지 않을 때는 자신에게 위안하는 게 좋다. '아름다움은 반드시 소멸 하는 것, 그것은 진리니까, 진리는 무기니까'라고.

세상에는 미남 미녀 커플도 많지만 어딘가 외형의 밸런 스가 맞지 않는 커플도 적지 않다.

예를 들어 놀랄 만큼 잘생긴 남자의 아내가 전혀 아름답 지 않은 케이스도 많다. 그럴 때 여자들은 이를 간다.

"왜? 어째서 저런 레벨의 여자가 저렇게 괜찮은 남자의 아내가 될 수 있었지?"

그렇게 말하면서 마음 한 구석에선 안도에 가까운 마음 과 동시에 선망의 질투가 꿈틀댄다.

'저 정도로 괜찮은 남자가 저런 여자를 아내로 맞이한 것 을 보면 역시 여자란 얼굴이 아니야. 여자의 본질을 알아주 는 남자가 있기는 있어. 나도 희망이 있네. 호호.'

틀림없이 그렇다. 다시 말해서 수수하고 별로 아름답지 않은 연인이 있으면서 자신도 모르게 아름답고 화려한 여 자에게 마음을 빼앗긴 남자의 기분이라고 해석해도 좋다.

"나도 예쁜 여자에게 눈이 가서 집사람을 울린 일이 있지만 결국 꽃도 단풍도 언젠가는 진다는 것을 알았다구. 우리 집사람은 재미없는 소나무 같은 여자지만 소나무는 지지도 않고 색이 바래지도 않잖아. 꽃이랑 단풍이 지는 걸 봐버린 지금 역시 우리 집사람의 변함없는 애정과 성의가 제일이야. 뭐니 뭐니 해도."

남자란 참으로 제멋대로다. 실컷 꽃 구경 단풍 구경을 하고 나니까 늘푸른 소나무가 좋다고 야단이다. 소나무는 소나무 나름대로의 생각이 있다.

그 소나무인 여자가 남자에게 해서는 안 되는 말이 있다. 예를 들어 '꽃도 단풍도 반드시 진다구요. 그 다음에 분명히 나의 애정을 알 거예요. 그러니까 지금은 좋을 대로 하시라구요'와 같은 말이다.

그런 얘기를 자기 쪽에서 하는 여자는 텁텁하다. 얄밉고 빈틈을 주지 않아서 남자는 견디질 못한다.

남자가 아름다운 여자에게 마음을 옮긴 채 돌아오지 않을 때는 자신에게 위안을 하는 게 좋다.

'꽃은 반드시 지는 것. 아름다움은 반드시 소멸하는 것. 나는 수수한 소나무. 지지 않는 자체만으로도 이겼어. 그것은 진리니까. 진리는 무기니까.'

적어도 이런 배짱이 없으면 남자란 동물과 더불어 살아가기에 피곤하다.

# 여자는 오기

이별할 때야말로 마음 속의 동요를 숨기고 여자의 오기로
한 매듭의 획을 그었으면 한다.

연애가 끝이 나서 이별할 때 거기엔 그 여자의 센스가
전부 나타난다. 가능하면 깨끗한 이별을 하고 싶지만 그것
이 그렇게 쉽게 되는 일이 아니다. 깨끗은커녕 흙탕물이 되
고 마는 게 보통이다. 죽느니 사느니 울부짖으며 칼 들고
달려들고 만신창이가 된 다음 헤어진 미국 영화 〈위험한
정사〉도 어떻게 보면 그 나름대로 깨끗한 이별의 경우였다
는 생각이 든다. 거기까지 가면 끝난 다음의 마음은 텅 빈
상태일 테니까 어떤 의미에서는 완전 연소이다.

눈물을 흘리고 소리지르는 여자의 마음을 정화하고 차츰
차츰 마음을 가라앉게 하는 것, 그것은 분명히 깨끗한 이별
의 방법인지도 모른다.

그러나 나 개인의 취향으로서 깨끗한 이별 방법이란 '쫓
아가지 않는 것', '매달리지 않는 것', '울부짖지 않는 것'이
라는 생각이 든다.

이별할 때야말로 마음 속의 동요를 숨기고 여자의 오기로 한 매듭의 획을 그었으면 한다.

대개 한번 다른 곳을 향한 남자는 아무리 쫓아가도, 매달려도, 울부짖어도 돌아오지 않는다는 게 나의 지론이다.

그런 남자에게 매달리고 칼을 들고 휘두르는 것이란 얼마나 흉하고 어리석은 일인가. 딴 쪽을 보고 있구나 하고 느끼면서 한번쯤은 대화를 해 보고 그래도 안 되면 각오를 해야 한다. 매일 밤을 울고 지내는 일이 있더라도 절대 쫓아가거나 매달려서는 안 된다. 전화를 걸거나 편지를 써서도 안 된다.

흔히 헤어진 남자에 대해 악담을 하는 여자가 많은데 그것도 여자의 가치를 떨어뜨릴 뿐이다. '나는 좋아했는데 저쪽이 내가 맘에 안 들었나 봐. 괜찮은 남자였는데' 하고 웃는 편이 훨씬 아름답다. 물론 말처럼 그렇게 쉬운 일은 아니다. 오기가 있어야 한다.

'이별' 다음에는 반드시 내일이 기다리고 있다. 연인과 헤어진 다음에 자유롭게 쓸 수 있는 혼자만의 시간도 많아지고. 언제까지나 울고 있는 것보다 영화를 보거나 책을 읽고 쇼핑하고, 자신을 닦는 게 훨씬 내일이 빨리 오게 하는 방법이며 현명한 처사다.

오기를 부리는 것이 괴롭기는 하지만 시도해 볼 만한 가치는 있다. 여자의 인생에서 한두 번쯤은.

# 봄에 실연한 남자

봄에 실연하면 슬프다. 봄에 실연당한 남자는 더 슬퍼 보인
다. 왜냐하면 봄은 모든 것이 탄생하는 계절이기 때문이다.

　실연했을 때 가장 쓸쓸한 계절은 봄이다. 가을이 아니다.
가을은 계절 그 자체가 쓸쓸하기 때문에 실연의 쓸쓸함만
이 더 두드러지지는 않는다. 낙엽이 흩어지는 것도, 풀벌레
가 우는 것도 모두 계절의 끝을 의미하고 덧없어서 그냥
외롭다고 하면 그뿐이다.

　그리고 그런 정경 속을 실연한 슬픔을 안고 혼자 걸으면
그것이야말로 판에 박은 듯한 쓸쓸함이고 자기 도취이다.

　봄에 실연하면 괴롭다. 정말 외롭다. 봄은 모든 것이 탄
생하는 계절이기 때문이다. 어느 쪽 어느 곳을 봐도 요동한
다. 그리고 화사하다. 마른 잎에 새싹이 돋아나고 하늘은
투명하고 거리에는 생기가 넘친다. 그런 거리를 실연한 여
자가 또는 남자가 혼자 걷는 것은 그림이 되질 않는다. 그
림이 안 될 뿐만 아니라 가슴이 아프다.

　실연한 사람은 몸을 기댈 따뜻한 장소가 필요하다. 그런

데 따뜻한 정경과 장소가 없어지는 것이 아쉽다.

어제 남자 친구한테서 전화가 걸려왔다. 실연했다고. 가슴이 쓰라려서 걸을 힘도 없으니 제발 좀 부축해 달라고. 함덕 가는 길, 아니 신촌 가는 길에 서 있노라고.

남자 친구의 허탈한 목소리에 문을 박차고 나왔다. 유채꽃이랑 벚꽃이 어우러져 피어 있는 그 길은 천국 같았다. 차를 세우고 친구를 찾았다. 덩치 값도 못하고 가슴이 아파서 죽겠다던 친구는 꽃이 활짝 핀 벚나무 밑에서 죽은 듯 자고 있었다.

"왜 이런 데서 자고 있는 거야? 낮술 마셨어? 실연이 무슨 대단한 일이라구!"

나는 삼십 년 우정의 친구에게 마치 누나처럼 소리를 질렀다.

"내가 잠이 들었었나? 아 - 잘 잤다. 그러고 보니 꽃과 둘이서 잠을 잔 셈이네. 하하……."

그러고는 일어서서 옷을 툭툭 털고 있는 친구. 그의 바위같이 넓은 등에 묻어 있는 꽃잎 세 개.

나는 그런 그의 모습을 보고 콧마루가 시큰했다. 아직도 저런 로맨티스트가 있었나 하고.

봄에 실연하면 슬프다. 봄에 실연당한 남자는 더 슬퍼 보인다.

벚꽃 어우러져 핀 거리에서 그걸 느꼈다.

# 나 같은 여자

'나 같은 여자'. 그런 식으로 말하는 여자를 선택한 남자는 바보 취급당했다고 느낄지도 모른다. 그런 말은 상대에게 할 것이 아니라 자신에게 해야 하니까.

오래 전 얘기다. 나는 어떤 남자와 사귀고 있었다. 좀 이상한 얘기지만 나는 솔직히 그에게 전혀 두근거림 같은 게 없었다. 다만 없는 것보다는 있는 게 낫다는 생각에서 사귀고 있었다는 얘기다.

그는 친절하고 나는 제멋대로였다. 게다가 어떤 여자라도 인생에 한두 번은 왠지 인기가 있는 시기가 있다. 그즈음 나는 아마 그랬던 것 같다. 누군가와 헤어져 충격을 받아도 별로 상처받지 않고 다음 사랑이 나타나는 그런 시기였다.

그런 시기는 어떤 여자라도 자만심이 생긴다. 나도 당연히 그랬다. 두근거리지 않는 남자와 사귀면서 '그 사람 나한테 홀딱 반했으니까 내가 하는 얘기는 무엇이든 들어줄 테니까'라는 식으로 생각했었다. 지금 돌이켜보면 공주병의 극치였다.

그러던 어느 날 여자 친구와 함께 여행을 떠났다. 그런데 그때 찍은 사진이 나왔을 때의 충격은 말로 표현할 수 없을 만큼 컸다.

어느 사진을 봐도 텁텁함과 추함이 역력했다. 웃는 모습도 V자 사인을 하는 모습도 이것도 저것도 다 싫었다.

나는 자신의 그 텁텁함과 추함에 절망했다.

갑자기 그에게 합장하고 싶어졌다. 그는 그렇게 꼴불견인 나라는 여자와 사귀고 나에게 친절하게 해 줬구나 하는 생각을 하니 고맙고 한편으론 부끄럽기까지 했다. 나 같은 여자는 자만하거나 커다란 태도를 취해서는 안 된다고 생각했다. 어떤 남자라도 나와 사귀어 주는 것만으로도 고맙게 여기며 살아가는 편이 좋다고 진심으로 생각했다.

나는 극단적인 인간이다. 그래서 다음날부터 바로 자세를 굽히고 들어갔다. 그가 놀란 것은 말할 필요도 없다.

그 후 며칠이 지난 어느 날 끝내 그에게 물었다.

"당신 정말 나라는 여자로 만족해? 당신이라면 더 괜찮은 여자가 분명히 나타날 거야. 진짜 나 같은 여자로 괜찮은 거야?"

나는 반복해서 물었다.

그때 그가 뭐라고 대답했는지는 기억에 없다. 그리고 나는 어느 날 그에게 버림을 받았다.

그가 말했다.

"나 같은 여자, 그런 식으로 말하는 여자는 싫어. 적어도 그렇게 말하는 여자는 아니라고 생각했어."

나는 나의 추함을 사진 속에서 발견하고 마음 속으로 그에게 합장했을 때도 솔직히 두근거림은 없었다.

그런데 헤어질 때 그가 남긴 한마디는 가슴 깊이 파고들었다.

생각해 보면 '나 같은……' 식으로 말하는 여자를 선택한 남자는 바보 취급당했다고 느낄지도 모른다. 그런 말은 상대에게 할 것이 아니라 거울을 보고 자기 자신에게 해야 한다. 아니면 '나처럼 괜찮은 여자를 선택해서 당신 여자 보는 눈이 있네'라고 했으면 좋았을까?

# 숙명의 사랑

열세 살 연상인 여자의 '일심'을 사랑하고 '외곬'을 사랑하는 남자. 이 남자의, '나의 유일한 여자'라는 판단에 무슨 할말이 있겠는가.

1996년 타계한 〈연인〉의 원작자 마르그리트 뒤라스는 생의 후반에 연하의 남자 얀 안드레아와 살았다. 그녀의 반려인 그는 마흔이나 연하였다. 그를 만난 것은 그녀의 나이 65세였을 때였다.

작가 지망생이자 철학을 전공했던 그가 어느 날 그녀의 집을 찾아왔다.

그는 '그녀를 본 순간 나는 숙명이라는 것을 느꼈다'고 그녀가 죽은 뒤에 회고했다.

뒤라스 그녀는 알콜중독으로 입원과 퇴원을 반복했다. 5개월 이상 의식을 회복하지 못했을 때도 있었다. 그러나 그 어느 때도 그는 그녀 곁에서 한 치도 떨어져 있지 않았다. 전력을 다해 간병했다. 존경과 헌신으로.

'내가 죽을 때까지 사랑할 남자'라고 뒤라스 자신이 말할 정도였다.

그녀는 그의 품안에서 잘 울었다. 그도 같이 울었다. 목 놓아 마음껏 울 수 있는 상대가 있는 이상 무엇이 두렵겠는가?

얼마 전 나의 대학 동창이 결혼을 했다. 마흔여덟에 초혼이었다. 남편이 된 사람은 방송국의 PD이고 열세 살 연하였다. 대학 때 축구선수였던 그는 건강하고 핸섬한 남자였다. 나는 전에 그에게 물어본 적이 있다.

"그 여자 어디가 좋습니까."

하고. 그는 커다란 몸을 움츠리며 부끄러운 듯 대답했다. 열심히 일하고 외곬인 점이 좋다고.

결혼식은 아주 가까운 친척 몇 사람만이 모였다. 따뜻한 분위기의 파티였다. 훌륭한 결혼식이었지만 나는 도중부터 은근히 화가 났다. 중년이라고 불리우는 남자들의 축언의 대부분이 '야! 놀랬어. 하필이면 50이 다 된 여자를 택할 줄이야', '만일 내가 부모라면 반대 정도가 아니라 아예 입원했을 겁니다. 충격 때문에. 대단하십니다. 부모 된 입장으로서…' 등등이었다.

그들의 비양기와 잘난 척이 묘하게 섞인 찬사에 구토가 날 정도였다.

나는 그들의 부모와 신랑 신부의 마음을 살폈다. 그런데 양쪽은 전혀 그런 데는 신경을 쓰지 않는 듯 즐겁게 웃고 있었다. 참으로 행복해 보였다.

세상의 중년 남자들의 의식은 놀랄 만큼 고루하다. 유머 센스가 없는 데도 놀랐다.

연하의 남자와 사랑을 하고 결혼하는 것이 그렇게 놀라운 일인가? 법에 위반되는 일인가?

열세 살 연상인 여자의 '일심'을 사랑하고, '외곬'을 사랑하고, 이 사람이야말로 나의 유일한 여자라는 판단에 무슨 할말이 있겠는가.

나는 그 중년 남자에게 별볼일 없는 농담이나 허풍 따위는 떨지 말고 연상의 여자에게 표적이 될 만큼 멋있는 남자가 되라는 얘기를 하고 싶다.

아무튼 연하의 남자와의 사랑은 연령 차이가 있으면 있을수록 어렵다. 생각보다 몇백 배, 몇천 배. 남자 쪽이 두 배나 사랑하지 않으면 결혼까지는 도달할 수 없다. 아니 연애도 어렵다.

그러나 그가 있는 한 그녀는 아무 것도 두렵지 않을 것이다.

# 질 때까지 싸운다

나는 악해지지 않고 살아가려는 자세를 자신의 재산으로
하겠다고 생각했다. 그리고 그것을 나의 행복으로 삼았다.

나는 결혼하고 7년 뒤 이혼했다. 남편과의 사이에는 아이
가 둘 있었다. 그 아이들은 남편 곁에 두고 나왔다.

지금부터 이십 년 전, 이혼은 여자의 수치고 악덕이라고
생각하던 시대였다.

태어나서 처음 내가 힘을 낸 것은 그때였다. 세간은 내가
아내로서 당연히 해야 할 의무, 아내의 길, 고생으로부터
도망쳤다고 했다. 그렇다. 틀림없이 나는 도망쳤다.

그 현실 속에서 투쟁하고 극복해야 할 대상이 보이지 않
아서 나는 절망했다. 화가 나면 금세 폭력적으로 되어 버리
는 성격을 고치고자 하려는 의지를 갖고 있지 않은 남자에
게 어떻게 해서 그 의지를 갖게 할 수 있을까. 내가 알고
있는 것은 단 하나, 사랑의 힘이라는 것이었다.

그러나 나는 남편에 대한 사랑을 잃고 있었다. 의지를 갖
고 있지 않은 인간을 나는 사랑할 수 없었다.

나는 모든 것을 버렸다. 앞으로의 일 같은 건 걱정하지 않았다. 무엇을 할 수 있을까. 장래의 전망은 아무 것도 없었다.

나의 작가에의 길은 거기서부터 시작되었다. 그 후 이십여 년 뒤에 겨우 글을 써서 생활을 할 수 있게 되었지만, 그것을 행동력으로 해서 나쁜 일을 좋은 쪽으로 만들었다고는 도저히 말할 수 없다. 그렇게 하기에는 20년의 세월은 너무 길다.

나는 남자 운이 나쁘다. 아니 내가 남자의 운을 나쁘게 하는지도 모른다. 그게 맞다. 마음에 든다. 남자 운이 나쁘다고 하면 뭔가 받아들이는 게 소극적인 인생이 떠오르지만, 남자의 운을 나쁘게 하는 여자라고 하면 적극적이고 강한 힘을 느끼지 않는가. 나는 매사를 그렇게 생각하는 쪽을 좋아한다. 결국 나는 남자 보는 눈이 없다는 결론이다.

유산상속이라든가 복권당첨이라든가 하는 일이 나와는 전혀 상관없는 행복이라는 걸 점차 알게 되었다. 명예도 마찬가지다. 얻으려고 한다고 해서 얻어지는 게 아니다. 얻으려고 해서 얻어지는 요행에 의한 게 아니라 우연히 얻어지고 행복은 자신과 일체가 되어 있어야 한다.

난파된 배에서 알몸으로 땅 위에 올라와서 '나는 전재산을 몸에 걸치고 있다'라고 말한 고대의 현인이 있다. 다시 말해서, 와그너는 그 음악을, 미켈란젤로는 숭고한 화상 일체를 몸에 달고 있는 것이다. 복서도 그의 주먹과 다리의 연습, 모든 효과를 챔피언 벨트와 돈을 갖는 것과는 달리 몸에 달고 있다는 얘기다.

돈을 잘 버는 사람은 한푼이 없을 때라도 자기 자신이라는 돈을 갖고 있다는 얘기다.

나는 알랭의 《행복론》속의 한 구절을 몇 번이고 되풀이해서 읽으면서 나 자신에게 용기를 주었다. 우리들 자신의 힘에 의존하는 행복은 우리들과 하나가 되어 있다고.

나는 약해지지 않고 살아가려는 자세를 나의 재산으로 하겠다고 생각했다. 그리고 그것을 나의 행복으로 삼았다. 그렇게 함으로써 나는 힘을 잃지 않고 살아올 수 있었다.

생활에 대한 지혜와 상식을 갖고 있는 사람 쪽에서 보면 내가 살아가는 방법은 무모한 짓임에 틀림없다. 내가 살아가는 방법을 말한다 해도 그 누구에게도 참고가 되지 않는다. 아니 사람에 따라서는 전혀 이해가 안 될지도 모른다.

나는 그저 자신의 기질이 선택하는 길을 걸어왔을 뿐이다. 아마 나는 낙천가인지 모른다. 태어나서 20여 년을 부모의 사랑에 보호만 받아 저쪽을 보지 못하고 살아온 때문인지도 모른다.

아무튼 나의 인생관은 '질 때까지 싸운다'라고나 할까.

아니 인생관이랄 것도 없이 그것은 어찌해 볼 수 없는, 도저히 가라앉힐 수 없는 인생에 대한 정열인지도 모른다.

# 여자의 댄디이즘 ①

배신이나 원망, 분노를 상대에게 품지 않고 살짝 세련된 이
별을 할 수 있는 것이 여자의 댄디이즘이다.

나는 무슨 일에 대해서도 성급하다. 흑이든 백이든 어느
쪽이든 좋으니까 아무튼 빨리 결론을 내리고 싶어한다. 또
금방 결론을 내 버린다.

그것은 말할 필요도 없이 결코 좋은 일이 아니다. 꾹 참
고 기다리면 더 좋은 쪽으로 일이 진행되겠지만 그것을 못
기다린다.

나는 벨이 울릴 때까지 기다리는 도량이 없다. 벨이 울리
지 않으면 울리게 해 버리는 주의다. 단기(短氣)다.

나는 간혹 '그렇게 엉망인 사랑이라면 끝내라. 미적지근
한 남자와는 아예 인연을 끊고 혼자 있는 편이 훨씬 건강
에 좋다'라는 얘기를 하곤 한다.

엉망이든 미적지근하든 빠져드는 것이 사랑이기 때문에,
상대는 괴로워서 울고 있는데 그런 얘기는 사실 냉정한 표
현인데도 말이다.

그렇게 엉망인 사랑이 좋다면 그것은 개인의 취미니까 더 엉망이 되는 게 차라리 낫다. 엉망으로 자기 도취에 빠지는 것도 하나의 살아가는 방식이니까.

대신 미적지근한 남자와 관계를 지속함으로써 청춘을 무의미하게 흘러보내고 나서 상대를 원망하거나 부모에게 분풀이할 게 아니라, 자기가 택한 단 하나의 길이니까 후회하지 않는 것이 조건이다. 그것이 안 되면 아예 헤어지는 편이 낫다.

아무리 생각해도 나는 석연치 않은 관계는 미적거릴 필요 없이 끊어야 된다는 주의이다.

끈질기게 기다리고 생각하지 않기 때문에 내가 아직도 독신인지는 모르지만 불건강한 사랑, 불성실한 연인은 한번 경험으로 족하다.

남자는 이기주의자다. 이미 별 진전이 없는 관계라 할지라도 자기 쪽에서 먼저 이별을 말하지는 않는다. 이미 마음속에서는 정하고 있으면서도 질질 끈다. 매미가 철이 한참 지난 뒤에도 맴맴거리며 울듯이 말이다.

그것은 헤어지는 편이 낫다는 것을 알고 있으면서도 대답을 여자 쪽에서 해 주길 바라는 심사다.

아무튼 여자는 빠르든 늦든 자기가 헤어지자는 얘기를 꺼낸다. 헤어지는 이유도 미움도 표현하지 않은 채 '매미가 언제까지나 매애-앰거리는 것은 좋지 않아. 안녕'이라고.

엉망인 사랑 때문에 더 이상 상처받을 필요 없이 훌훌
털고 일어설 수 있는 자세, 그러나 결코 배신이나 원망, 분
노를 상대에게 품지 않고 살짝 세련된 이별의 표현을 할
수 있는 것이 여자의 댄디이즘이다. 나같이 성급하고 흑백
을 분명히 해야 직성이 풀리는 여자에게는 안 어울리는 애
기지만.

# 여자의 댄디이즘 ②

헤어질 때는 말없이. 그것이 여자의 댄디이즘이다.

꼴불견인 것 중의 하나가 '연인의 이별 얘기'다. 부부라면 헤어질 때 그야말로 대화로 풀어 나가야 할 게 많다. 부모 문제, 아이들 문제, 위자료 문제 등. 그런데 연인의 경우는 아무런 의미가 없다. 헤어질 때 이러쿵저러쿵 얘기하는 건 오히려 우습다.

물론 그것은 나 개인의 취향일 뿐 반대로 헤어질 때일수록 대화가 중요하다는 사람도 있다.

헤어질 때의 대화라는 건 대개의 경우 어느 쪽인가 한쪽은 헤어지고 싶어하고 다른 한쪽은 원래대로 돌려놓고 싶어하는 경우이다. 그래서 대화로 풀려고 하는 것이다.

한번 저쪽을 본 남자는 아무리 대화를 한다 해도 헛일이다. 울고불고 매달려도 절대 돌아오지 않는다.

그걸 알고 있기 때문에 나는 헤어질 때는 말을 하지 않는다. 헤어지자는 얘기를 상대가 꺼내면 이유조차 묻지 않는다. 그냥 받아들이고 헤어지는 것으로 한다. 만나서 얘기할 정도의 일도 없다. 전화 한 통이면 충분하다.

간단히 헤어진다고 해서 사랑이 간단했던 건 아니다. 오히려 깊다. 깊이 사랑하면 할수록 이별은 간단하게 하게 된다. 그만큼 신중하게 사랑해도 헤어지자는 얘기가 나온다면 어쩔 수 없다는 얘기다.

여자와 남자의 관계에서 이별이 없는 편이 좋은 건 말할 필요도 없다. 그럴 경우 남자가 아주 조금 저쪽을 향하려고 할 때 타이밍을 포착해야 한다. 그때 말해야 한다. '자기 만일 나하고 헤어져 봐. 그냥 안 둘 테니까'라고.

그러면 대개의 남자는 겁을 낸다. 혹시 저 여자 자살이라도 할 생각인가 하고. 아니면 회사로 찾아와서 시끄럽게 굴지나 않을까 하고 최악의 경우를 생각한다.

그때 살짝 웃으면서 '인형 만들어서 매일 밤 바늘로 수천 번씩 찌를 거야'라고 한다. 이것은 여자의 승리다.

귀여운 협박이다. 만일 그래도 남자가 헤어지자는 얘길 꺼내면 그때는 산뜻하게 헤어지는 게 좋다.

떠나는 남자를 붙잡아 두려는 노력보다 다음에 올 사랑을 위해 노력하는 편이 훨씬 좋다. 길지 않은 인생, 건강상 좋지 않은 일은 할 필요가 없다. 게다가 그런 협박의 센스를 모르는 남자와의 대화는 정말 시간 낭비다.

헤어질 때는 말없이. 그것이 여자의 댄디이즘이다.

# 비밀과 연애

> 비밀은 연애에 있어서 중요한 스파이스다. 연애할 때는 가끔씩 모성애가 필요할 때도 있다. 그러나 모성애가 지나친 사랑, 여자와 남자 사이는 죽음이다.

연애에 있어서 비밀은 중요한 스파이스다. 그와 사귀고 있다는 걸 그 누구에게도 알리지 않는 비밀은 거의 도취에 가깝다. 아무 것도 모르는 주변을 그와 함께 배신하고 있는 쾌감. 그런데 사랑이라는 건 이상하다. 비밀을 간직하는 것도 또 괴롭다는 얘기다. 폭로하고 싶어진다.

지금까지 비밀로 해 둔 사실에 대한 비난은 두렵지만, 그보다도 주변의 놀라움과 충격이 보고 싶어진다. 그것도 쾌감이다. 그런가 하면 그가 절대 누구에게 얘기하지 말라고 하면 여자는 불안해진다. 자기 말고 더 좋아하는 여자가 있는가 하고. 자기는 그냥 이용당하고 있는 게 아닌가 하는 생각이 든다. 그러면 이미 비밀은 쾌감이 아니라 고통이 되고 만다.

나는 사랑에 있어 남자가 평가하는 좋은 여자, 착한 여자를 믿지 않는다.

‘그에게는 그럴 만한 사정이 있어’ 하고 말하는 여자가 있지만 생각해 보기 바란다. 그가 아이들(idol)이나 연예인이라면 그렇다 치지만 세상에 알릴 수 없는 사정이 있을 리 없지 않은가.

또 여자가 하는 얘기가 있다.

"당신은 나를 슬프게 만들어요. 그런데도 난 당신이 좋아요. 당신한테는 나 말고도 여자가 있는 것 같아요. 돈을 빌려가면 갚지도 않고 정말 지겨워요. 그런데도 당신을 미워할 수 없어요."

이런 얘기를 하는 여자가 ‘귀여운 여자’라고 잘못 생각하고 있는 사람이 많다. 그러나 그렇지 않다. 그것은 단순히 ‘어머니와 같은 여자’일 뿐이다.

"엄마는 내가 공부를 못해도, 장난만 치고 있어도 역시 귀엽다고 해. 무조건 귀엽대."

이런 얘기를 남자에게 한다면 최후에 많은 남자들은 지금까지보다도 더 당당하게 제멋대로 할 게 분명하다.

무엇보다도 여자가 용서해 주고 거기다 헤어지지 않는다고 선언했기 때문에 당연하다.

"그런 커다란 애정으로 감싸안으면 남자란 반드시 돌아와 준다."

이렇게 말하는 사람도 있지만 나는 다르다고 생각한다.

‘때로는 어머니 같은’은 필요하다. 그러나 남자에게 ‘언제나 어머니 같은' 여자는 매력이 없다.

여자는 '언제나 아버지 같은' 남자에게는 그렇게 두근거리지 않는다. 그것과 마찬가지다.

남자에게 있어 '여자'가 나타나면 '언제나 어머니'는 버려지고 만다.

연애 중에는 가끔씩 모성애가 필요할 때도 있다. 그러나 모성애가 지나친 사랑은 '어머니의 맛'이 되면서 여성으로서의 향기의 대상에서 멀어질 수 있다. 어머니란 존재는 무엇이든 용서하니까. 그런 것을 이용해서 그 여자를 얕보게 된다.

그런 사랑은 여자와 남자 사이에는 사(死)이다.

※아이들(idol):숭배받거나 존경받는 사람. 우상.

# 사랑하는 당신이

'그 사람은 내가 없으면 안 돼' 하고 뇌까리는 여자가 있다. 그런데 분명히 얘기해 두지만 당신이 없으면 안 되는 남자 란 없다.

내가 바보라고 생각하는 타입의 여자가 있다. 어떤 여자 인가 하면 '그 사람 내가 없으면 안 돼'라고 뇌까리는 여자 다. 적당히 해 두라고 하고 싶지만 그러지 않는다. 바보 같 은 여자는 혼이 나야만 정신을 차리기 때문이다.

나도 그 누구보다도 어리석고 바보여서 별꼴을 다 보면 서 살아왔지만 그 정도는 아니다.

분명히 얘기를 해 두지만 당신이 없으면 안 되는 남자란 없다.

우선 헤어지자는 얘기가 나왔을 때라든가 헤어진 뒤에는 남자도 풀이 죽는다. 그래서 진심으로 '네가 없으면 난 안 돼……'라고 할지 모르지만, 그런 기분은 갖는다고 해야 겨 우 일개월 정도다. 금세 다른 여자를 찾고 마침내는 당신 생각은 아예 없어져 버릴지도 모른다.

오히려 나는 그런 남자를 믿을 수 있다. 건강하고 노멀

(normal)하기 때문이다.

가끔 '난 헤어진 여자를 5년이 지나도 잊지 못해. 그녀가 없으면 난 안 돼…' 하고 중얼거리는 남자도 있다.

그것을 순수라고 생각하면 대단히 잘못된 생각이다. 인기가 없어서 다음이 나타나지 않으니까 편리한 변명을 하는 데 지나지 않는다.

'그 사람 내가 없으면 안 돼'라고 중얼거리는 여자는 대개 남자에게 이용당하기 쉽다.

'야! 다시 시작하자. 돌아와. 새도 썩은 나무에 두 번 멈춘다고 하잖아. 나 너 없으면 정말 안 돼.'

이런 연극 대사에 넘어가는 것보다는 차라리 다른 사랑을 찾아보는 편이 훨씬 낫다.

'헤어진다'는 것에는 반드시 이유가 있다. 당신도 그도 당연히 이유가 있어서 헤어졌다. 그 이유가 그의 성격에서 유래된 것이라면 썩은 나무에 몇 번을 머문다 해도 좋아지지 않는다. '숙명적인 만남', '운명적인 만남'이라고 자기 도취에 빠진 여자도 있기는 하지만, 취하는 게 취미라면 썩은 나무가 다시 썩을 때까지 몇 번이라도 멈추면 된다.

그러나 괜찮은 남자란 언제든지 다른 여자에게 눈을 돌리고 있다. 그것을 잊어버리고 취하고 있다가는 큰코 다치는 쪽은 언제나 여자다.

# 엄벙덤벙 50년

엄벙덤벙하는 성격을 단시일 내에 고칠 수는 없겠지만 나
의 인생마저 그렇게 살 수는 없지 않겠는가.

올해는 정말 짜증스러울 정도로 되는 일이 없다. 짜증 정
도가 아니라 슬플 정도다. 그만큼 운수가 나쁘다.

거액을 사기당해서 마음 상한 것은 물론 엎친 데 덮쳐서
연거푸 억울한 일을 당하니 심사가 뒤틀린데다 울화병까지
생겼다. 기다렸다는 듯이 좋지 않은 일이 하나가 끝나면 또
하나 하는 식이었다.

사기당한 일이 가장 큰 충격이었는데 그런 일을 당하고
보니 무엇보다도 나 자신에게 화가 나서 견딜 수가 없었다.
나는 왜 이렇게 어리석은가 하는 생각 때문이었다.

나 자신의 어리석음 때문에 열받는 일이 한두 가지가 아
니지만 그 중의 하나를 소개하면 이렇다.

우리 집 근처에 화장품 가게가 하나 있다. 이 가게의 여
자 주인은 무척 친절하다. 작은 물건 하나를 사도 서비스품
을 듬뿍 주고 또 언제나 상냥해서 종종 그곳을 이용하곤

한다.

며칠 전 동네 산책을 하고 들어오다 그곳엘 들러 영양 크림과 클린싱 크림을 샀다. 여름을 겨냥해서 만든 신상품이라서 그런지 용기도 산뜻하게 하얀 색이었다. 클린싱 크림과 영양 크림의 용기가 언뜻 보기에 똑같았다.

그것이 문제였다. 제대로 보지 않고 언뜻 보고 마는 나의 성격, 덤벙대는 그 성격이 화근이었다.

나는 왠지 클린싱 크림을 영양 크림이라고 믿고 매일 아침 저녁으로 듬뿍 발랐다. 거액의 사기를 당한 마당에 화장품값 조금 아껴 본들 무슨 도움이 되랴 싶었다. 그래서 자포자기의 심정으로 듬뿍듬뿍 발랐다. 그것도 보통때보다 두 배로. 무슨 얘기냐 하면 세안력이 강한 크림을 매일 밤 영양 크림 대신 듬뿍 바르고 잤다는 결론이다. 그렇게 되면 어떻게 되는지 여성들이라면 짐작이 갈 것이다.

하룻밤 자고 일어나니 얼굴이 화끈거리며 빨갛게 달아올랐다. 그 정도에서 그만두었으면 좋았을 텐데 '이 크림은 새로운 타입이라서 이런가 보다' 하고 계속 발랐다.

나에게는 이런 미련스러움까지 있다.

그런 어느 날 서울에 일이 있어서 그곳 호텔에 머무르고 있었다. 역시 그날도 나는 샤워를 하고 클린싱 크림을 듬뿍 발랐다. 거기다 호텔방이 건조하고 또 밤새껏 냉동시켜 놨으니 내 피부가 견딜 수가 없었던지 한 꺼풀 벗겨졌다. 그래도 나는 다음날도 또 그냥 발랐다.

아무래도 내가 무엇인가를 잘못하고 있구나 하는 생각이 든 것은 제주에 돌아와서 화장품을 들고 찬찬히 들여다봤을 때였다. 5일 동안이지만 나의 엄벙덤벙하는 성격이 일을 저지르고 말았던 것이다. 피부가 껍질이 벗겨지고 빨갛게 달아올라 물집이 생기고 그야말로 처참한 모습이 되었다.

"얼굴이 왜 그래요?"

라고 보는 사람마다 한마디씩 하는 것이 더 화가 났다. 당분간 햇볕을 쐬지 말고 손으로 물집을 터뜨리거나 하지 않게 주의하라는 의사의 얘기가 참으로 부담스러웠다.

내가 왜 이런 고생을 해야 하는지 생각해 보니 순전히 나의 성격 때문이었다. 엄벙덤벙하는 그 성격 말이다.

사기를 당한 것도 순전히 그 성격 탓이다. 무엇인가를 제대로 들여다보지 않고 대충 이해하고 대충 해석하는 성격. 그래서 사람도 대충 믿고 대충 사랑하고.

어쩌면 나는 지금 그런 식으로 나의 인생까지도 대충 살아 버리고 있지는 않은지 하는 생각이 들었다. 엄벙덤벙하는 성격을 단시일 내에 고칠 수는 없겠지만 그렇다고 나의 인생마저 그렇게 살 수는 없지 않겠는가. 나름대로 최선을 다하고 있는지, 그것조차도 엄벙덤벙이라면 나라는 여자는 정말 구제 불능이라는 생각이 든다. 왠지 오늘은 나 자신에 대해 대충 넘어갈 수 없는 날인 것 같다.

# 남자다운 남자

남자답다는 것은 자신의 괴로움과 슬픔 때문에 타인을 상처입히지 않으려고 열심히 노력하는 일이다.

남성적이라는 것과 남자답다는 것을 혼돈하는 사람이 가끔 있다는 걸 느낀다. 또 현대에는 남성에게 남자다움이 점점 오해받게 되어 있다는 생각도 든다.

오토바이를 타고 다니거나 권투를 하거나 하는 게 남자답다고 착각하는 사람도 있다. 하드 보일드(hard boiled)풍의 영화와 탐정소설에 지나치게 열중한 때문인지, 거칠고 난폭하게 행동하는 일조차 남성적이라고 젊은 여성들로부터 박수를 받는 요즘 세상이니까 그들이 그런 생각을 갖는 것도 어쩔 수 없다.

나는 그 생각이 반드시 나쁘다고 처음부터 단정짓지는 않는다. 만일 내 아들이 청년이 되어서 오토바이를 타고 가죽 점퍼를 어깨에 걸치고 '어때요? 끝내 주죠?'라고 해도 '그래 그래, 너 즐거운 것 같구나' 하고는 그런 때가 있어도 나쁘지는 않다고 생각할 것이다.

그러나 동시에 그것은 남성적이지 남자다운 일은 아니라는 걸 가르쳐 주고 싶다는 생각이 든다.

남자답다는 것은 어떤 것인가? 예를 들면 그것은 자신의 괴로움과 슬픔 때문에 타인을 상처입히지 않으려고 열심히 노력하는 일이다. 또 청년 자신의 순결을 청춘시대에 지키는 일이다. 말하자면 쉬운 일은 거절하고 어려운 일을 하려고 하는 행위를 말한다.

암에 걸린 사람이 자신의 괴로움을 숨기고 오히려 문병 와 준 사람의 마음을 배려하기는 어려운 일이다. 말하자면 그런 배려가 바로 남자답다고 할 수 있다.

그 남자다움은 자유와 방종을 잘못 생각하는 최근의 한국인이 다시 한번 생각해 봐야 할 일이 아닌가 싶다.

선배 K씨가 암에 걸렸다. 병원에 입원해 있는 동안 나는 말할 수 없이 비통한 감정에 젖어 있었다.

암에 걸린 환자를 문병가는 것만큼 괴로운 일도 없다. 환자는 자신이 위염이라고 알고 있었다. 물론 의사는 그에게 알리지 않았다.

이쪽도 진짜 병명을 들어서 알고 있기 때문에 상대에게 어떤 얘기를 해야 할지 난감했다. 실수해서 말이 잘못 나와도 안 되고 거짓말을 해야 하는 게 문병인으로서 무척 괴로웠다.

K씨는 코발트 요법으로 얼굴색이 완전히 변해 있었다.

그런데 의외의 밝은 표정으로 말했다.

"난 암이었어. 그런데 코발트 요법과 수술로 완전히 나았어. 전이된 곳이 없다고 의사가 얘기하더군."

그래서 나는 마음 속으로 '이 사람은 참으로 낙천적이구나. 아니 억지로라도 낙관하지 않으면 마음의 불안을 어떻게 할 수가 없었는지도 모른다'는 생각을 하면서,

"다행이네요."

하고 맞장구를 쳤다.

그러나 얘기하고 있는 동안 이 사람은 갑자기 무엇이든 알고 있는 게 아닌가 하는 생각이 들었다. 모든 진상을, 다시 말해서 자기가 살 수 없다는 것을 알고 있으면서도 문병객 앞에서는 괜찮다고 애써 얘기하고 있다는 느낌이 들었다.

문병객의 괴로운 심정, 괴로운 입장을 배려해서 조금이라도 마음을 편하게 해 주려고 일부러 낙천적인 얼굴을 해 보인다는 생각이 들었던 것이다.

사실 그랬다. 오랜 세월 병을 앓았던 K씨의 태도를 나는 정말 남자답다고 느꼈다. 남자답다는 것은 그런 것을 말하는 것이다.

---

※하드 보일드(hard boiled):문학이나 영화 따위의 창작에서 감상에 빠지지 않고 객관적인 태도나 문체로 사실을 묘사하는 수법.

# 아주머니가 있는 풍경

품잡고 성숙 운운하고 캐리어가 어쩌구 괜찮은 여자가 어
떻구가 아무 소용 없다. 그렇게 구분하고 논리를 분석하는
건 무의미하다. 그건 어중내기가 아닌 진짜 아주머니만이
가능한 힘이 있다.

여자는 사오십이 되면 아주머니다. 그런데 그 아주머니가
아주 평판이 나쁘다.

어느 여성 잡지에 아주머니도(度)를 체크하는 난이 있었
다. 그래서 나도 미용실에서 볼펜으로 O표 ×표를 하며 한
숨을 내쉰 적이 있다.

그 중에는 '아주머니라고 부르지 마세요'라는 용기 있는
특집도 있다. 아주머니가 아니라 멋있는 성숙한 여인으로서
라든가 지성과 캐리어와 섹스어필의 이미지를 강조하고 있
는 내용이었다.

나 같은 여자는 감탄과 놀라움과 창피함 때문에 혼자 있
어도 얼굴이 붉어질 지경이었다.

그러다 생각해 보니 화가 치밀었다. '아주머니가 어떻다
는 얘기냐? 아주머니가 뭐가 나쁘지?' 하며 다시 책을 들춰
봤더니 '아주머니가 뭐가 나빠?' 하는 사람이 가장 꼴불견

인 아주머니라고 쓰여 있었다.

　얼마 전 여든이 넘은 여류화가의 전시회를 보러 갔다. 그렇게 혼잡한 전시회는 고호전을 보러 간 이후 처음이었다. 전국에 있는 아주머니가 모두 모여든 것 같은 느낌이 들었다. 그런데 그림 감상은 뒷전이고 모르는 사이인데도 금세 말을 걸고 친해지는 모습에 놀라지 않을 수 없었다.

　"어머! 젊어 보이시네요. 올해 몇 살이세요?"

　"호호, 쉰셋요. 5학년 3반이에요."

　"어쩜, 5학년 3반이 4학년 8반보다 젊어 보이시네요, 호호호."

　"무슨 말씀을요, 호호."

　"그냥 평생 4학년 8반이면 얼마나 좋겠어요, 호호."

　그들은 그림은 아예 보지도 않는다.

　"우리 며늘아이가 요리를 무척 잘해요. 한번 저의 집에 초대할게요."

　"집에는 뭐어, 번거롭게. 밖에서 분위기 있는 데서 모이자구요."

　"그럴까요? 핸드폰 번호 아시죠? 제 핸드폰이 잘 터지니까 언제든지 폰 주세요. 호호호."

　'한라산' 앞에서 아무도 '한라산'을 보지 않는다.

　나도 아주머니니까 얼른 새치기해서 '한라산' 앞에 섰다. 그림을 그린 여류화가의 성격으로 봐선 강렬한 색체로 표현했는가 생각했는데 조용한 올리브 그린이었다.

"어머! 멋있다. 이번 가을엔 올리브 그린색 투피스 한 벌 사고 싶어지네."

하고 내 등뒤에서 대담한 발상을 하는 품위(?) 있는 아주머니도 있었다.

"어머, 이 그림 좀 봐. 60세에 그리셨네."

작품 옆에 몇 세의 작품인가 하는 게 적혀 있었다.

"어디? 어디!"

하면서 아주머니들이 몰려들었다.

나는 내가 아주머니이면서 그 기세에 압도당해서 멍하니 서 있었다. 그러나 왠지 '아! 한국은 아직 괜찮다. 이 아주머니들이 있는 한 한국은 어떤 일이 있어도 끄떡없다'는 생각에 콧마루가 찡해 왔다.

그러고 보니 조용필 쇼가 있었을 때 아주머니 관객이 5만 명이나 되었던 것이 생각났다. 그 대단함에 나는 압도당하고 말았었지만.

거기에는 폼잡고 성숙 운운하고 캐리어가 어쩌구 괜찮은 여자가 어떻구가 아무 소용 없다. 그렇게 구분하고 논리를 분석하는 게 무의미하다. 어중치기가 아닌 진짜 아주머니만이 가능한 힘이 있다. 아주머니도 나 같은 어중치기는 아무런 도움이 안 된다.

"무슨 쓸데없는 생각을 해? 얼마 안 있으면 아주머니라고 불러주지도 않아, 아무도. 할머니 소리 듣기 전에 적극적으로 지금의 아주머니를 즐기라구. 현역에 있을 때, 하하하."

그것은 나의 초등학교 때 남자 친구의 조언이었다. 물론 그도 지금은 아저씨다. 아저씨는 아무 것도 모르면서 한수거든다. 아주머니의 저력, 따뜻함, 그 풍요로움을 전혀 모르면서.

# 당신을 볼 수 있다면

지금 내가 갖고 있는 작은 명예와 아주 사사로운 성공, 약간의 재산, 그 모든 것을 다 주고 단 한 번만이라도 어머니를 볼 수 있다면 기꺼이 그러고 싶다.

어머니는 세간의 모친과 달리 자신의 약점을 예사로 드러내셨다. 어머니가 돌아가신 뒤 어머니에게도 러브스토리가 있었다는 걸 알고, 나는 어머니의 존재가 더 가깝게 느껴졌다. 그것은 내 나이 탓이거나 아니면 내가 글을 쓰는 직업을 가졌기 때문인지도 모른다.

나에게 있어 어머니는 단순히 존경해야 할 사람이 아니라, 보다 인간다운 삶을 산 사람이라는 걸 느끼게 한다. 나의 피부의 일부임을 느낀다.

언젠가 어머니에 대한 것을 소설로 써 보고 싶다고 생각하고 있다. 그러나 아직 내게는 그것을 쓸 힘이 없다. 오륙 년 뒤에는 어머니를 모델로 해서, 어머니를 쓰는 게 아니라 여자의 일생을 써 보고 싶다.

내 조그만 서재의 책상 앞에 나는 어머니의 사진을 걸어 놓고 있다. 술을 마시고 늦게 돌아오거나 게으름을 피울 때면, 사진 속의 어머니가 화를 내시는 얼굴로 보인다. 반면 일이 순조롭게 되었을 때 어머니의 사진을 보면 인자하게 웃고 계시는 것 같은 느낌이 든다.

같은 사진이지만 그렇게 느끼는 건 내가 이 나이가 되어도 어머니를 무섭다고 생각하는 모양이다. 어머니를 나의 양심의 기준으로 하고 있어서이다.

생각해 보면 나는 어머니께 괴로움만 드렸다. 대학시험도 재수는 안했지만 큰 기쁨은 못 드렸다.

어렸을 적 작가가 되라고 얘기해 주셨던 것도 어머니셨다. 학교 다닐 때 나는 수학은 아예 포기한 상태였다. 다른 과목도 신통치는 않았지만, 소설이랄지 동화랄지 그런 것을 써서 어머니께 읽어 드렸었다. 어머니는 그것을 싫증도 안 내고 잘 들어주셨다.

그래서 크면 소설가가 되리라고 마음먹었다. 만일 그때 어머니가 다른 사람들처럼 나를 비난하고 인정해 주지 않았다면, 나라는 인간은 분명 비뚤어져서 지금 어떻게 되었을까 하고 생각해 볼 때가 있다.

요즘에 나는 해외여행도 가고 여기저기 국내를 돌아다니기도 한다. 그러나 나는 한번도 내 돈으로 어머니를 모시고 여행을 가 본 적이 없다. 그래서 여행을 자유롭게 다니는 일이 미안하게 여겨질 때가 있다.

어머니가 살아 계시는 동안에 내가 번 돈으로 국내 여행이라도 시켜 드렸으면 이렇게 마음이 아프지는 않을 텐데.

나뿐만이 아니라 일반적으로 누구나 자신의 어머니나 아내에 대해서는 언제나 양심, 다시 말해서 상대는 양심이고 자기는 나쁜 인간이라고 생각하는 면이 있다.

나에게 있어 어머니는 양심이고, 나는 언제나 그 양심을 짓밟는 나쁜 인간이라는 마음에서 벗어날 수가 없다. 나쁜 짓만 하고 괴로움만 끼쳐 드렸다는 생각에서 벗어날 수가 없다.

'효도를 하려고 하니 이미 부모는 안 계시더라'는 말이 나이가 들수록 뼈저리게 느껴진다.

지금 내가 갖고 있는 작은 명예와 아주 사사로운 성공, 약간의 재산, 그 모든 것을 다 주고 단 한 번만이라도 어머니를 볼 수 있다면, 기꺼이 그러고 싶다.

# 강한 여자가 아름다운 이유

돌아온 상대가 자기에게서 떠나갈 때 보낼 수 있는 것은
강함뿐이다. 자유로운 남자를 움직일 수 있는 힘은 강함과
따뜻함이다.

행복한 결혼이라는 것이 과연 존재하는가. 한지붕 밑에
남자와 여자가 함께 산다는 일은 어쩌면 불행한 일인지도
모른다는 생각들을 가끔 해 볼 때가 있다.

다른 것은 제쳐 놓고라도 우선 본능적으로 매일 떠나야
하는 남자와 언제나 기다려야 하는 여자가 함께 산다는 점
에서 그렇다.

며칠 전 비디오를 빌려다 봤다. 〈아웃 어브 아프리카〉라
는 영화였다. 메릴 스트립이 연기하는 카렌이라는 여성에게
감동을 받았다. 존경의 마음을 보내지 않을 수 없었다.

거기에는 보통 우리들이 생각하고 있는 결혼생활은 없었
다. 카렌의 남편은 행동과 정신의 자유를 찾아 신혼의 아침
에 아내가 눈도 뜨기 전에 사냥을 떠난다. 그러자 이에 실
망한 새댁 카렌이 가정부에게 물었다.

"남편은 몇 시에 돌아온다고 했지?"

"비가 오면 돌아온다고 하셨어요."
라고 가정부가 대답했다.

"그러면 비는 언제 오지?"

카렌은 불안과 분노를 삼키며 물었다.

"아프리카에는 이 계절에는 비가 언제 내릴지 모릅니다."
라고 가정부가 대답했다.

그 후의 그녀의 행동이 정말 멋있었다. 보통 여자라면 아프리카의 외롭고 황량한 곳에서 울며 지내거나 아니면 아예 친정으로 돌아가 버리거나 했을 것이다. 그런데 카렌은 달랐다. 아프리카에서 사는 보람을 찾으려고 했다. 남편이 아니라 자연에서 땅에서 보람을 찾고 거기에 기대를 건다. 결국 그 부부는 헤어지지만 카렌 앞에 데니즈라는 새로운 남자가 나타난다. 자유로운 영혼을 가진 모험가 데니즈가. 두 사람은 격렬하게 사랑하지만 데니즈 또한 여행자였다. 방랑의 남자였다. 돌아오지만 금세 또 다른 모험을 찾아서 떠나고 마는 남자.

카렌은 그런 남자들을 사랑한 여자였다. 자유스런 영혼을 갖고 언제나 떠나는 남자들을. 남자가 돌아오기만을 기다리는 나날이 얼마나 괴로운가를 배우며 그녀는 강함을 키워 나간다.

상대의 자유를 존중하는 데는 애정이 필요하다. 돌아온 상대가 다시 자기에게서 떠나갈 때 보낼 수 있는 것은 강함뿐이다. 자유로운 남자를 움직일 수 있는 힘은 강함과 따뜻함이다.

자신의 감정을 콘트롤할 수 있는 강함과 용기가 가장 필요한 것이 결혼생활이 아닌가 생각한다.

그래서 적어도 우리들은 결혼생활 속에서 조금은 고독하게 자신을 가두면 어떨까? 하루에 한번쯤은 자신을 고독한 정신 상태로 몰아넣으면 자유가 보인다. 그 자유의 정체를 알면 강해진다.

매번 떠나보내는 자의 강함과 다시 돌아오는 자를 말없이 받아들일 수 있는 강함이야말로 여자의 무기이다.

남자란 동물은 원래 여행자이다. 그런 남자와 살아야 하는 것이 여자의 숙명이기 때문에.

외관으로는 타인의 결혼생활을 알 수가 없다. 그러나 한 꺼풀 벗기고 보면 여자는 누구나 그런 강함과 따뜻함을 기본으로 결혼생활을 꾸려 나간다. 그래서 강한 여성이 아름답다는 이유가 거기에 있다. 나는 그렇게 생각한다.

# 별 쏟아지는 밤

사랑하는 사람의 변신으로 상처입은 나는 함덕 바닷가로
갔다. 간혹 배신감 때문에 반지와 함께 던져 버린 추억을
되새겨 보기도 하면서.

사랑하는 사람의 변심으로 상처입은 나는 함덕 바닷가로
갔다. 여름이 끝날 무렵이었다. 바다는 죽은 듯 잔잔했다.
여름의 끝을 알리는 선선한 바람이 바다 저편에서 불어왔
다. 나는 끼고 있던 반지를 빼서 힘껏 바다에 던졌다. 그리
고는 조금 울었다.

바닷가에서 태어나서 이후 가깝게 접하지 않았던 여름은
없었는데 나는 바다에 반지를 던진 이후부터 고아가 된 기
분이었다.

그날 이후 내게는 바닷물이 차갑게만 느껴졌다. 헤엄치는
일도 없어지고 말았다. 지글대는 태양이 견딜 수 없을 때면
석양이 질 무렵 바다에 손과 발을 가만히 담가 보는 정도
로 지내왔다. 그럴 때마다 아직도 남아 있는 물 속의 따뜻
함이 발끝으로 느껴지곤 했다. 그러면서 눈을 감고 있으면
용서하기 어려운 배신이랑 거짓이랑 슬픔이랑 불안이 이상

54

하게도 없어지는 느낌이 드는 것이었다.

답답하면 함덕 바닷가엘 갔다. 간혹 배신감 때문에 반지와 함께 던져 버린 추억을 되새겨 보기도 하면서.

지난 여름, 함덕 바닷가에는 밤인데도 체온보다 뜨거운 바람이 불어왔다. 더위가 극성을 부렸지만 피곤을 모르는 젊은 남녀들이 바닷가에서 기타를 치고 춤을 추며 놀고 있었다. 젊은 남녀들이 물고기들같이 바다에 뛰어 들어가 헤엄을 치고 나오고 다시 들어가고 하는 모습이 정말 아름다웠다. 나도 젊었다면 남자 친구들의 기타 소리를 들으면서 물 속에 들어가 멋있게 헤엄을 치고 나올 텐데. 그런 생각을 하면서 문득 하늘을 올려다보았다. 함덕 바닷가의 밤하늘은 까만 비로드에 수많은 핀을 꽂아 놓은 것처럼 헤아릴 수 없을 만큼 많은 별들이 밤하늘에 강을 만들고 있었다. 빠져 들어가듯이 그런 밤하늘을 보며 나는 해변을 걸었다. 문득 나는 그 밤의 바다에 몸을 적시고 싶어졌다. 그것은 정말 욕망이었다.

다행스럽게도 달은 없었다. 해변 끝에는 사람도 없었다. 나는 입고 있던 옷 그대로 샌들을 벗어 던지고 바다 속으로 들어갔다. 바다 속에 허리를 담그고 가만히 앉았다.

그때였다. 문득 달이 구름 사이로 얼굴을 내밀었다. 그러고 보니 마치 반짝이는 야광충의 바다였다. 언젠가 보았던 야광충보다도 더 커다랗게 빛나는 야광충이었다. 순간 나는 바다에 안겨 있다는 실감에 기뻤다. 아니 행복하기도 하고 외롭기도 했다. 그 아름다움에 울고 싶어졌다. 아름다운 광경을 함께 나눠 볼 사람이 없다는 것이 너무도 아쉬웠다.

그런데 난 혼자가 아니었다. 한 남자가 다가와 있었다. 난 내 생각에만 정신이 팔려서 그 남자가 언제 다가왔는지도 몰랐다.

그 남자도 옷을 입은 채였다. 나이나 용모나 교양을 달빛만으로는 알 수가 없었다. 나는 은근히 겁이 났다. 분명히 제주 사람이 아닌 것만은 확실했다.

"이렇게 많은 아름다운 보석을 본 일이 없어요."

하고 말한다기보다는 중얼거리듯 내가 말했다. 그러자 그 남자가 조금 생각한 뒤 대답했다.

"좋으시다면 당신에게 드리지요, 전부. 저의 선물입니다. 하하."

나는 웃으면서 고맙다고 했다.

나는 여태껏 남자한테서 보석을 받아 본 적이 없다. 그런데 세계의 어떤 여자보다도 많은 보석을 그 밤 낯선 남자한테서 받았다. 그 얘기를 하려고 했는데 남자는 이미 저만큼 헤엄쳐 가 버렸다.

나는 26년 전 그 연인의 변심으로 반지를 버렸던 상처를 비로소 아름다운 기억으로 간직할 수 있는 여유가 생겼다. 그 밤, 함덕 바닷가에서.

# 권투선수처럼

끈질길 정도로 하나에 집중하고 그것에 의해 끈질기게
추구하는 것, 바로 그런 게 글을 쓰는 사람에게 나타
난다. 쓸 때는 전신으로 승부를 걸어야 한다. 손끝으로
거는 승부는 이길 수 없기 때문이다.

나는 초기에 내가 체험한 일만을 썼다. 모르는 것은 쓰지
않았다. 모르기 때문이었다. 내가 보고 듣고 만져 본 것들
은 나의 느낌을 쓸 수 있어서였다.

그러나 시간이 흐르면서, 예를 들어 똑같은 컵이라도 여
러 가지의 방법으로 쓸 수 있음을 알았다. 내가 지금까지
만져 온 컵, 왜 컵을 선택했는가, 그 컵의 소재는 무엇인가
하는 식으로.

다시 말해서 컵에 대해서 심각하게 생각해 보기 때문에
여러 각도로 쓸 수 있다는 얘기다.

좋은 문장을 쓰려면 우선 자신을 속속들이 드러내야 한
다. 그것이 우선이다. 그럴 용기가 있어야 한다. 억압으로부
터 해방되어 자유롭게 쓰는 일.

문장을 쓰는 일은 무엇인가를 표현하는 일이다. 자기가
무엇인가를 표현하고 싶은가, 그것을 확실히 해 놓지 않으

면 아무 것도 쓸 수 없다. 몇 번이고 쓰려고 하는 대상을 집중적으로 생각해야 한다. 반복해서 생각해야 한다.

착상만의 아이디어로는 하나를 하나로밖에 쓸 수 없다. 조사하고 생각을 거듭함으로써 셋이나 넷의 것을 표현할 수 있고, 거기에 배후의 두터움과 대담함을 느낄 수 있다.

그래서 문장의 표현이나 수사학법을 배우는 일보다 표현의 근본에 있는 정열을 느끼기 바란다.

끈질길 정도로 하나에 집중하고 그것에 의해 끈질기게 추구하는 것, 바로 그런 게 글을 쓰는 사람에게 나타난다.

문장을 쓰는 힘은 음악이나 연극, 영화나 미술과 같이 표현과 교환 가능한 점이 있다. 그러나 표현의 근본인 어떤 소양도 문장에 결실을 준다고는 단정할 수 없다.

거꾸로 얘기하면, 좋은 문장을 쓰려면 독서뿐만 아니라 여러 가지 소양을 키워 나가는 게 필요하다는 얘기다. 그것은 손에 쥔 소양이 적으면 금세 메말라 버리기 때문이다.

명문의 조건은 시대의 흐름과 함께 바뀐다 하더라도 그 작품에 적합한 문장이면 악문처럼 보인다 하더라도 작품 속에서 반짝거리는 명문이 된다.

단추는 그대로라면 그냥 돌이지만 좋은 양복의 일부가 되면 좋은 단추로 보인다. 그것과 같은 이론이다.

나는 명문은 심플한 문체여야 한다고 생각한다. 여분의 장식이 없는 문장, 좋은 문장은 읽는 사람을 피곤하게 하지 않고 자연스럽게 빠져들게 한다.

　나는 요즘 헨리 밀러의 《북회귀선》을 읽으면서 그런 것을 느낀다. 반복되는 얘기지만 여분의 장식이 없는 문장과 자유분방한 표현과 형식에 압도당하고 말았다.

　나는 격투기를 좋아한다. 특히 권투에 대해선 열광적이다. 물론 하는 쪽이 아니라 보고 즐기는 쪽이다. 최근에 권투의 이런저런 시합을 보면서 느꼈다. 문장은 격투기라고. 쓸 때는 피곤하지만 전신으로 승부를 걸어야 한다. 손끝으로 거는 승부는 이길 수 없기 때문이다.

　그렇게 본다면 읽는 입장도 같다. 집중력을 필요로 하는 점에서는 더욱 그렇다.

# 미세스 하부자의 꿈

양치중이 관리과에 있는 미스리와 데이트를 하고 집에 돌아온 시간은 밤 한 시였다. 마누라 하부자는 부엌 식탁 위에서 집필 중이었다. 부스스한 머리에 잠옷 대용인 트레이닝복을 입고 안경까지 쓰고. 마누라의 그런 모습을 물론 처음 보는 것은 아니었다.

문화센터에 다니면서 마누라가 달라졌다. 작가 지망생이 된 것이다. 게다가 지난 연말 알뜰주부 체험수기에서 가작으로 당선된 후로는 거의 작가와 같은 기분으로 마누라 하부자는 생활하고 있다.

말이 나왔으니까 말이지만 지난번 가작 당선 상금으로 10만 원을 받았을 때 마누라 하부자는 여간 뻐기는 게 아니었다. 저녁을 사겠다고 한 것까지는 좋았는데 신제주로 갈까 구제주로 갈까 한참 망설이다 결국 구제주에 30% 세일하는 갈비집으로 가서 한턱을 냈다. 그때만 해도 작가가

피흘려서 쓴 원고료로 남편에게 저녁을 살 수 있는 관용을
대단히 강조했다. 글을 쓴다는 것은 뼈를 깎는 고통이라나
뭐라나 하면서.

"지금 도대체 몇 시예요?"

하부자가 원고지에서 눈을 떼고 남편 양치중을 쳐다봤다.
마누라의 형사와 같은 그 눈이 양치중에게는 언제나 신경
이 쓰였다.

"도대체 뭘하면서 돌아다니는 사람이에요? 이 불황에."

"뭘 쓰고 있어? 보나마나 있는 흉 없는 흉 남편 흉보는
얘기겠지?"

양치중은 위기를 넘기기 위해서 말을 돌렸다.

"장난이 아녜요. 첫줄이 안 잡혀서 그러니까 신경 건드리
지 마세요."

양치중은 아예 안중에도 없다는 듯 다시 원고에 집중하
는 마누라의 그런 태도에 일단은 안도감이 생겼다. 그러나,
그러나다.

"이 시간까지 뭘 했냐구요?"

침실로 들어가려는 양치중에게 하부자가 물었다.

"그러니까 오늘은 IMF건 때문에 강부장하고 소주 한잔
하기로 했다고 했잖아."

넥타이를 풀면서 양치중은 될수록 마누라 하부자의 눈을
피하면서 대답했다. 마누라와 얘기할 때는 눈을 마주쳐서는

안 된다. 거짓말이 탄로나니까. 한결같이 상대의 눈을 피할 것, 그러나 곧 죽어도 피하고 있다는 느낌과 태도를 나타내서는 안 된다.

남편의 눈을 읽어내는 데는 마누라는 거의 천재적이다. 그래서 가장 무난한 것은 무엇인가를 하면서 슬쩍 얘기하는 것이 우선은 안전하다.

"오늘은이 아니고 오늘도겠죠?"

하부자가 뾰족하게 말했다.

"빈정대지 말라구."

"빈정대요? 누가요? 뻔한 거짓말을 하니까 그렇죠."

"거짓말? 무슨 거짓말을 했다고 그래?"

덜컹하는 마음도 있었지만 양치중도 뾰족하게 나갔다.

"남자가 술마실 때 일일이 IMF건이다 뭐다 그런 보고하면서 마셔요? 마시면 마시는 것이지. 이상하잖아요?"

"그런가……."

"또 강부장이라든가 하면서 이름 대는 것도 이상하잖아요? 참, 그러고 보니 지난번에 국제통화기금 건 때문에 오늘 박부장하고 마실 거니까 새벽에 오겠다고 그러잖았어요?"

"그랬나? 나도 치매 경향이 있는 모양이지? 그러니까 결국 박부장하고라는 얘기야. 단순한 실수라니까."

"오늘 누구하고 마셨다구요?"

"박 부 자 - 앙."

"그럼 강부장은 뭐예요?"

"강부장? 그 그건, 그러니까 어제 같이 마셨지 - 이."

"이상하네. 강부장 어제 출장이라던데. 강부장 마누라 문화센터에 나랑 같이 다니는 것 몰라요?"

마누라 하부자가 묘한 웃음을 흘렸다.

이런 혼란을 우려해서 양치중은 나름대로 극력 신경을 쓰느라고 했는데 어디서부터인가 혼선이 되고 말았다.

"여보세요, 양치중 씨, 금세 들통날 일을 왜 해요? 솔직히 얘기하세요."

"그렇게 못 믿겠으면 확인해 보면 될 것 아냐!"

양치중은 은근히 화가 났다.

"어머, 누구 망신 시킬 일 있어요. 얼마 없어 작가가 될 여자가 남편 행동 확인이나 하고 다니란 말예요? 그럴 시간 없어요. 원고 써야 한다구요."

"원고? 작가? 좋아하네. 어쩌다 한번 가작 당선됐다고 다 작가 되는 줄 알아? 작가는 아무나 되는 게 아니라구."

흥분한 나머지 의외의 전개였다. 양치중은 후회막급이었다. 뱉아 놓은 말을 주워 담을 수도 없고. 에잇 이왕 내침 김에.

"이 불황에 IMF건 때문에 심각하게 토론하면서 소주 한 잔 하고 들어온 것이 그렇게 못마땅하냐구?"

양치중의 목소리가 금속성의 굉음을 내며 갈라졌다.

"믿을 수 있으면 나도 좋겠어요."

하부자가 연필을 놓고 안경을 벗더니 일어서서 앞으로 와서 섰다. 양치중이 가장 두려워하는 그 눈.

"당신 요새 매일 늦는 이유가 뭐예요. 상대가 누구예욧!"

"……실은 관리과에 있는 미스리하고…."

"처음부터 그렇게 말하면 되잖아요. 그건 그렇고 아까 뭐라고 했어요? 작가가 아무나 되는 게 아니라구요? 얘기 잘 했어요. 아무나 되는 게 아니죠. 박부장 강부장 얘긴 당신 헷갈리라고 짐짓 내가 해 본 소리예요."

하부자는 까르르 웃었다. 무서운 마누라하고 살고 있다는 인식을 양치중은 새삼 느꼈다. 하부자는 식탁 위에서 원고지 첫줄부터 다시 쓰기 시작했다.

 - 추리소설 응모작.

성명 하부자.

제목 남편의 알리바이.

 그 여자와 같이 없었다고 주장하는 남편의 알리바이 미흡으로….

# 남자의 자존심

남자의 자존심이란 길게 말할 필요도 없이 남자답다는 데
있다.

결혼하지 않은 여자, 아이를 낳지 않는 아내가 많아지고
있다. 그 때문에 결혼할 수 없는 남자, 아버지가 되지 못하
는 남편도 늘고 있다.

이런 상황을 어떻게 해야 하는 게 아니냐고 야단이다. 어
떻게 해야 한다는 것은 알고 있지만 당사자인 젊은 남자들
은 어떻게 하지 않으면 안된다고 생각하지 않는다. 그것이
문제다.

남자들은 오스의 힘, 수컷의 매력을 잃어버렸다. 한편 여
자들은 자신들이 강해짐에 따라 남자들의 강함에 동경하고
의지하는 마음을 버렸다. 여자가 그렇게 되니까 남자가 수
컷의 힘을 잃었는지 남자가 그렇게 되니까 여자가 강함을
갖게 되었는지.

어느 쪽이든 남자는 여자에게 절실히 필요한 존재가 아
니게 되었다. '남편은 없어도 좋다. 연인이 있으면 된다'고

하는 강한 여자들이 늘어나고 있다. 부친이 없어도 혼자서 키울 테니까 좋다고 하는 여성도 나타났다.

남자의 본능은 마멸되어 버렸는가? 여자를 획득하기 위해 끓었던 피는 어디에 갔는가?

예전에 남자는 늑대였다. 그러나 지금은 얌전한 양이 되어 있다. 그래서 여자는 남자를 깔보고 방심하게 되었다.

과연 이대로 좋은가 하고 묻고 싶다. 젊은 남자들은 그것으로 좋다고 할지 모르겠지만.

남자든 여자든 젊은이들은 즐거움만을 추구하고 있다. 고생이나 노력은 그들에게 있어서는 마치 악덕과 같다.

결혼생활에는 부자유·불여의가 따라다닌다는 건 말할 필요도 없다.

그렇다고 그다지 즐겁지 않은 생활에 자유와 사치를 이미 알아버린 여자가 쉽게 들어갈 수는 없는 일이다.

남자의 따뜻함이란 어떤 것인지도 모르면서, 그릇을 씻고 빨래를 하고 어깨를 주물러 주니까 따뜻한 남편이고 행복하다고 한다.

또 그런 여자에게 지배당해서 무기력해지고 허탈하게 생각하는 것을 부끄럽게 여겨 줬으면 한다.

남자의 자존심을 지켜 줬으면 한다. 자존심이 상처입는다는 감정을 키워 줬으면 한다.

그러면 '남자의 자존심이란 어떤 것입니까'라는 질문을

받을지도 모른다.

　남자의 자존심이란 길게 말할 필요도 없이 남자답다는
데 있다.

　남자답다는 것은 강하고 따뜻한 것 바로 그것일 게다.

# 아! 여자의 인생 ①

불필요한 돈은 십 원도 못 쓴다는 근성이 얼만큼 여성의
자유를 빼앗는 일인지?

어느 날 친구한테서 전화가 왔다. 친구는,

"나 따분해서 바람이라도 피울까봐."

라고 했다.

"바람피우겠다고? 피우고 싶으면 피워라."

하고 나는 심드렁하게 대꾸했다.

내가 심드렁하게 대꾸할 수 있었던 것은 일년에 한두 번
씩 친구가 그런 얘기를 할 때가 있기 때문이다. 이럴 때 나
는 또 시작이구나 하는 정도로 코웃음을 치고 내버려 둔다.

"우리 집 양반도 전에 바람피운 게 한두 번인 줄 아니?
나라고 못하란 법 있니?"

하고 친구는 갑자기 단호한 어조로 얘기했다.

"안 그러니? 어떻게 생각하니?"

"그래 그래, 네 말이 맞다."

그러자 친구가 말했다.

"그런데 누구랑 피우지?"

"네 능력껏 해야지 나한테 물으면 내가 아니."

"누구 없을까? 그러고 보니 마땅한 사람이 없네. 분위기 있는 남자 어디 없을까? 로맨틱하고 분위기가 있는 사람이 좋은데."

"한심하다. 아예 찾아 나서지 그러니? 도시락 싸들고."

나는 어디까지나 무책임하게 농담조로 대꾸를 했다.

"어딜 가면 되지? 그러니까 어디로 찾아 나서면 되느냐구?"

이제 그녀는 짜증 섞인 투로 투덜거렸다.

"나한테 물어보면 내가 아니? 난 그런 경험이 없으니까 바람피우고 싶은 사람이 알아서 해야지."

나는 딱 잘라서 말했다.

"아, 그래 맞았어. 호스트클럽이 있다던데. 어디라고 하더라?"

"그래 괜찮겠다. 적어도 분위기는 있을 것 아냐?"

"그런데 그런 남자들이 진짜 바람피우는 상대가 되어 줄까?"

"그럴지도 모르지."

"한번 가볼까봐. 그런데 비싸겠지? 호스트클럽에서 한번 마시려면 어느 정도 있어야 하는지 모르겠네……."

친구는 망설이는 목소리를 흘렸다.

그것이 문제다. 남자는 술값을 생각하면서 술집에 가지 않는다. 돈 생각 하면서 바람을 피우지도 않는다. 이건 예산을 짜서 여행을 가는 것하고는 경우가 다르다.

"역시 그만둘까봐."

"왜?"

"냉장고도 새로 들여놔야 하고 커튼도 바꿔야 하고 할 게 많아. 오호호호."

친구와 나는 전화통에다 대고 크게 웃었다.


우왕좌왕 40대라는 말이 있다. 이럴까 저럴까 생각은 하지만 행동력이 없다. 그 이유 중의 하나가 깍쟁이라는 점을 들 수 있다.

오랜 세월 가계를 꾸려 와서인지 하는 일마다 호주머니 사정을 생각하지 않으면 안되는 습성이 몸에 배어 있다.

내 친구가 남편이 바람피우는 것을 알고 회사에서 돌아오는 남편을 미행했다. 찻집에서 여자와 만나서 나오는 남편을 목격했다. 남편과 여자가 택시를 잡아타자 놓칠세라 친구도 택시를 잡아탔다. 남편과 여자를 태운 택시가 어느 장소에 섰다. 뒤따르던 그녀의 택시도 섰다.

문제는 거기서부터였다. 택시 요금이 사천칠백 원이 나왔다. 친구가 5천 원을 냈다. 그리고 잔돈 삼백 원을 주고받는 사이에 남편과 여자를 놓치고 말았다.

70

그까짓 잔돈 삼백 원 때문에 모처럼의 일이 수포로 돌아
갔다. 나는 그 얘기를 들을 때마다 '아! 여자, 여기에 있다'
고 한숨이 나온다. 백 원이 싸다면 구제주에서 신제주도 가
고 바겐세일 한정판매라고 하면 새벽부터 일어나서 줄도
선다. 불필요한 돈은 십 원도 못 쓴다는 근성이 여성한테서
얼마만큼 자유를 빼앗는 것인지.

부부싸움을 해서 그릇 하나를 깨면 그릇 하나의 손해가
생긴다. 그 때문에 부부싸움을 하지 않는 수업을 했다는 여
성을 본 적이 있다.

가정의 평화를 위해 부부싸움을 안하는 것이 아니라 손
과 득의 관념 때문에 부부싸움을 하지 않는다는 얘기다.

40대는 인생의 전반에서 후반으로 바뀌는 때이다. 아이들
도 성장하고 일상생활이 정리되어 한가롭고 여유가 생긴다.

그런가 하면 동시에 허무함도 느끼게 된다. 단조로운 집
안일로 하루하루가 지나가 버리는 일이 무척 초라하고 하
찮게 여겨지고 사는 보람마저 없어지는 생각도 든다.

무엇인가를 해야 할 텐데, 그런데 무엇을 하면 좋은지.
막상 하려고 하면 우왕좌왕하게 된다.

왠지 허무하고 사는 의미를 못 느껴 밤을 설치는 나이,
여자 40대. 정말 여태껏 사노라고 고생 많았다고 따뜻하게
등 두들겨 주는 남편의 마음이 필요한 나이, 여자 40대.

# 아! 여자의 인생 ②

나의 어머니가 살아 계셨을 때의 마흔은 커다란 엉덩이가
상징이었다. 자신과 관록에 넘쳤다. 그 자신과 관록은 고부
간의 갈등을 넘고 가정에서는 없어서는 안될 존재 증명이
었다.

40대에 우왕좌왕하지 않기 위해서는 우선 손과 득의 관
념을 버릴 필요가 있다.

바람을 피우든 부부싸움을 하든 질투든 공부든 사회봉사
든 무엇인가를 한다는 것은 뼈를 깎는 일이다. 그것을 겁내
고서는 아무 일도 할 수 없다. 뼈를 깎는 행위의 의미가 없
다. 기쁨도 없다. 그런 점에서는 파멸을 예상하며 바람피우
는 것이나 사회봉사를 하는 것이나 다를 게 없다고 생각한
다. 오해를 덜기 위해서 조금 더 설명하면 바람을 피울 때
는 손과 득의 관념 없이 이루어지지만, 결국 해결하려면 뼈
를 깎는 아픔이 동반된다는 얘기다.

어느 TV 방송국의 주부대상 프로에서 재미있는 것을 봤
다. 주부의 바람기에 대해서 앙케이트를 조사한 결과 70프
로가 해 본 경험은 없지만 하고 싶다는 생각을 갖고 있다

고 대답했다.

나는 그 말을 듣고 만일 그것이 정말이라면 한심스런 세상이 됐다고 생각한다.

해 본 경험은 없지만 해 보고 싶다고 생각한다는 것은 도대체 무슨 얘기인가? 그 대답 속에는 너무도 초라하고 너무도 싸구려이고 너무도 자존심이 없는 우왕좌왕 마흔의 한숨이 섞여 있다.

해 본 적은 없지만 해 보고 싶다고 생각한다. 해 보고 싶다고 생각하지만 쉽게 되지 않는다. 할 수 없지만 하고 싶은 마음이 있다라고 끊을 수 없는 인연 같은 그 한숨은 계속된다.

만일 TV 프로가 사회봉사에 대해서 앙케이트를 조사했다고 해도 같은 대답이 나오는 것은 아닐까?

해 본 일은 없지만 해 보고 싶다고 생각한다. 하고 싶지만 할 수 없다. 할 수 없지만 하고 싶다고 생각한다고.

40대에 행동력이 없어지는 두 번째 이유는 자신이 없기 때문이 아닌가 한다. 체력이 떨어지고 기억력도 감퇴되고 기량도 좁아지고 모든 면에서 40대는 쇠퇴함을 느끼는 연대이다.

무슨 일이든 난 안 돼 하고 생각하는 버릇도 생겨 있다.

외국 도시의 이름 같은 것은 금방 잊어버리고 거리를 걸어도 잡지를 읽어도 온통 영어투성이다. 시대에 뒤떨어지고 공부 부족임을 통감하게 된다.

아이들의 의견을 종잡을 수가 없고 무리해서 대화의 사이에 끼어들면 '엄마는 좀 조용히 하세요'라는 한마디로 일축시켜 버린다. 그래서 혼자 외로워한다. 그리고 자신은 아무 것도 할 수 없다고 초라하게 자문한다.

아이들 졸업식에 참가하고 취직시험의 면접 보는 데 쫓아가고 하면, 매스컴에서는 과보호다 교육마마다 하며 비난을 한다.

과보호랑 교육마마는 아이들에 대한 사랑의 현상이 아니라 그것도 우왕좌왕 현상의 하나일 뿐이다.

나의 어머니가 살아 계셨을 때의 마흔은 커다란 엉덩이가 상징이었다. 자신과 관록에 넘쳤다. 그 자신과 관록은 시부모를 모시고 구박에 대응하고 고부간의 갈등을 뛰어넘고, 아이들을 키우고 남편을 위해 전력을 다했다. 가정일을 돌보는 데 있어 없어서는 안될 존재라는 그 실적에서 얻은 게 아닌가 한다.

영어는 모른다고 해도 다리미질 하는 법, 재봉틀 하는 법, 손님 접대, 관혼상제의 지혜 등에 대해서는 누구도 따를 사람이 없다는 자신이 여자 40대를 더욱더 바쁘게 만들었다.

젊었을 때 그녀들은 바빴다. 그러나 40대의 바쁨은 사람에게 권유를 받고 억지로 바쁜 것이 아니라 풍부한 인생

경험에서 오는 바쁨이었다. 우왕좌왕하는 40대는커녕 그것은 인생의 클라이막스라고 해야 할 대활약의 시기였다. 젊었을 때 고생한 본전을 찾는 시대였을 것이다.

도대체 언제부터, 왜 40대는 그 자존심을 잃어버린 것일까? 그 자존심을 잃어버린 건 시대의 변화 때문이었을까, 아니면 여성 본연의 그 자체에 문제가 있는 것일까? 아무튼 나는 잘 모르겠다.

다만 알고 있는 건 요즘의 40대는 나이값을 못하고 있다는 것이다. 만일 인생을 사는 보람이 즐겁지 않으면 안된다는 생각을 하고 있다면.

# 험프리보가드도 미키루크도

돈을 들여서 하는 골프 같은 것은 놀이에 들어가지 않는다.
놀이란 어깨의 힘을 완전히 빼고 약간은 불성실하게. 조금
뒤가 켕기고. 그러나 사람에게 폐를 끼치지 않는 것이다.

놀이의 문화가 없다거나 중년의 문화가 없다는 얘기를
가끔씩 듣는다. 과연 그런가 하고 생각해 본다.

돈을 들여서 하는 골프 같은 것은 놀이에 들어가지 않는
다. 놀이란 어깨의 힘을 완전히 빼고 약간은 불성실하게 뭔
가 조금 뒤가 켕기고, 그러면서도 사람들에게 그다지 폐를
끼치지 않고 한결같이 즐거운 일을 하는 것이 아닌가 생각
한다.

그렇게 생각하면 놀이라는 것이 의외로 적다.

무엇인가를 하고 있어도, 예를 들어 글을 쓰고 있거나 에
어로빅을 하거나 드라이브를 하거나 집안 일을 하거나 할
때 놀고 있다는 실감은 거의 없다. 심지어는 술을 마시고
있을 때조차도 놀고 있다고는 생각하지 않는다.

그것은 취하지 않게 신경을 쓰거나 돌아갈 시간을 걱정
하기 때문이다.

취미는 몇몇 있지만 놀이라는 것은 정말 없다. 적다는 얘기다.

그런데 나에게는 한 가지 유일한 놀이가 있다. 공상벽이다. 어렸을 적부터 틈만 있으면 머리 속에서 자신을 주인공으로 한 이야기를 엮어 즐겼다.

《젊은 왕자》를 읽고 났을 때는 별에 대한 로맨스를 몇십 개 생각했고, 영화 〈카사블랑카〉를 본 뒤에는 험프리보가드와의 러브스토리를 몇 개고 엮었다.

공상이라는 것은 글자 그대로 쓰는 것과는 달리 한 장면 한 장면 선명한 스크린처럼 머리 속에 그려 가는 작업이다. 마치 영화를 만드는 것처럼. 나는 감독이고 각본가이고 카메라맨이고 그리고 출연 여배우이다. 장면에 따라 몇 번이고 NG를 내고 다시 찍기도 한다.

사춘기 때는 무턱대고 러브스토리가 많았다. 내가 세상에서 가장 아름다운 비극의 주인공으로 등장해서 멋있는 남자와 맺어지고 해피엔딩으로 끝나는 내용이었다. 하루에 몇번이고 질리지도 않고 공상 속에서 놀았다.

그래서 지루함이란 건 없었다. 아무 것도 할 일이 없을 때는 즐겁게 공상놀이에 빠지곤 했다. 어른이 되어 결혼을 해도 마찬가지였다. 글쓰는 직업을 갖게 된 후에도 횟수는 줄어들었지만 여전했다. 흔들리는 버스 속이나 비행기 속에서 글자를 쓸 수 없거나 책을 읽을 수 없을 때 나는 망설이거나 지체하지 않고 공상놀이에 열중하곤 했다.

비극의 미녀 주인공 역할은 하지 않았지만 워렌비티나 미키루크와의 익사이팅한 연애라면 가끔 공상을 펴 보기도 한다.

아이들은 학교 가고 남편은 출근을 하고 난 뒤 할 일이 없어 지루해서 죽을 것 같다는 얘기를 하는 친구를 보면 나는 당장 권한다. 즐거운 공상 놀이를.

그러면 친구는 할 일 없으면 차라리 TV나 켜고 앉았지 공상은 해서 뭐하느냐고 한다.

상상력이 마비된 것은 TV 탓인가?

# 성난 얼굴로 돌아보라

여자가 남성 중심의 사회를 살아가려면 건방지다는 라벨을
달면 손해인 경우가 대부분이다. 그러나 여자 자신은 건방
지다는 라벨을 별로 싫어하지 않는다.

'저 여자는 건방지다'라고 남자들이 말하는 걸 가끔 들을
때가 있다. 그런 것에 비해 여자는 좀처럼 '저 남자는 건방
지다'는 말을 하지 않는다.

건방지다는 말은 되바라지다, 얄밉다라는 뉘앙스를 갖고
있어서 남자 쪽에서 여자에 대해 악담을 할 때 흔히 사용
되는 표현 중의 하나이다.

여자가 일단 남성 우위의 사회에서 남자와 어깨를 겨누
고 살아가려면 힘이 드는 것만은 사실이다. 그런데 여자의
고생은 처음부터 무시당한다. 일하기 힘들면 일을 그만두면
될 것이 아니냐는 식이다. 어차피 남자가 먹여 살릴 텐데
무슨 걱정이냐는 것이다. 일은 남자에게 맡기고 여자는 애
교스럽게 웃고 어디까지나 친절하고 조용히 있어 주길 바
란다. 아직도.

오랜 역사 속에서 여자는 그렇게 살아왔고 또 그런 것에

익숙해 있기 때문에 어쩔 수 없다. 그러나 괴로움을 가슴 깊이 묻어 두고 여자가 자신만만하고 당당하게 자신의 의견을 말하면 건방지다는 그런 생각을 가지고 있는 남자들이 의외로 많은 데는 놀라지 않을 수 없다.

그들에게 건방지다는 소리를 듣지 않으려면 나서지 말고 상대의 태도가 맘에 들지 않아도 참고 항상 미소짓고 순종하고, 특히 남자에게 대들지 말고 남자의 얘기에 귀를 기울이고, 과격한 발언은 절대 금물이다. 그러면서 어느 정도의 지성과 교양을 갖추고 있고 애교를 부릴 줄 알면 된다. 그것이 남자들이 주장하는 좋은 여자이다.

여자가 남성 중심의 사회를 살아가려면 건방지다는 라벨을 달면 손해인 경우가 대부분이다. 그것은 지식으로서 몸에 배인 게 아니라 일상 경험에서 획득한 교훈이다.

그러나 여자 자신은 건방지다는 라벨을 별로 싫어하지는 않는다. 나 역시 무자각에 아양 떠는 여자보다 웬만해서는 남자 사회에 타협하지 않으려는 건방진 여자 쪽이 훨씬 맘에 든다.

예를 들어 여배우 쥴리엣 비노쉐가 그렇다. 그녀의 팬은 남자보다 여자가 압도적으로 많다. 그도 그럴 것이 그녀가 연기하는 건방짐은 여자와 남자의 관계를 망망대해로 표현했기 때문이다.

〈블루〉에서 보여준 극단의 고독자로서의 연기. 뭔가 터

무니없는 불행을 이겨내려고 할 때의 정신의 강함은 차라리 건방짐으로 표현했다. 아니 건방지다기보다는 아예 남자는 안중에도 없다는 눈매는 건방짐의 극치였다. 정말 매력적이었다.

여자가 남성 중심의 사회에서 안전하고 편안한 자리를 확보하려는 것은 비난받을 일이 아니다. 살아 남기 위한 삶의 한 방법이기 때문이다.

그렇다고 몰지각하고 위선적이고 난폭한 남자에게 알랑거리며 편리하게 이용당해도 기쁜 듯이 하고 있는 여자에게는 실망스럽다.

비노쉐처럼 남자는 안중에도 없다는 식의 차밍한 여자가 혼자 위스키를 마시는 장면을 보고 흐뭇해지는 마음은 어쩔 수 없다. 그것도 남자들만 있는 바에서 말이다.

여자와 남자 사이에는 도저히 건널 수 없는 깊고 푸른 강이 있다는 것을 안다면 건방진 여자야말로 진짜 여자라는 생각이 든다. 건방진 여자라고 뒤통수에다 대고 악담하는 남자에게 성난 얼굴로 돌아볼 수 있는 여자가 괜찮은 여자임을 알아야 한다.

"건방져서 미안하네요"라는 식으로 예쁜 미소, 내용 없는 친절, 무조건 복종, 겉치레의 애교들이 얼마나 무의미한 것인가를 이미 여성들은 알고 있다. 특히 건방지다고 평가받고 있는 괜찮은 여자들은.

# 아이 러브 유

'아이 러브 유'라는 말은 상당한 신뢰 관계가 없는 한 쓸 수 없는 말이다. 소중한 사람에게 소중하게 씌어질 때 가장 효용성이 높다.

미국 사람들은 대단히 개방적이고 자유롭다. 나쁘게 말하면 예의를 모르는 사람들이라고 생각할지도 모른다. 그러나 어떤 의미에서는 그들은 한국인보다 더 보수적이다. 특히 남자와 여자에 관해서는 그렇다.

예를 들어 결혼이라는 관계에 한해서 그들은 한국인들보다 훨씬 진지한 것 같다. 불륜이라는 것이 유행(?)한다는 일은 생각도 할 수 없다. 독신일 때는 자기에게 맞는 파트너를 찾기 위해서 많은 상대와 사귀어 보기도 하지만, 일단 결혼한 후에는 바람피운다는 일은 장난이 아니라는 얘기다.

바람피우는 것이 남자의 보람이라고 하는 말은 그들 사이에는 존재하지 않는다. 만약 사랑을 한다면 진심으로라는 식으로 진심으로 사랑하는 사람이 나타나면 이혼해 버린다. 그런데 이혼하게 되면 돈이 많이 들기 때문에 결혼하는 것을 무척 신중하게 생각한다.

사람을 사랑하는 일은 그렇게 일생에 몇 번이고 있는 것이 아니라고 생각한다. 그래서 사랑한다는 말도 함부로 사용하지 않는다. 아이 러브 초콜릿이라든가 아이 러브 스테이크라는 말은 흔히 입에 담지만.

내 친구 중에 미국인과 결혼한 친구가 있다. 그녀가 말하길, 남편한테서 아이 러브 유라는 말을 듣는 것은 크게 싸움한 끝에 그녀가 집을 나가겠다고 했을 때뿐이라는 것이다. 그 정도로 사랑하는 일에 관해서는 그들은 신중하고 또 진지하다. 그래서 잘 지낼 때 부부란 것은 약간의 사회적 지위가 된다.

대통령 선거를 봐도 그렇다. 약간의 사회적 지위 정도가 아니다. 여성 문제와 금전 문제 중 어느 쪽이 더 이미지를 깨는가를 보면 잘 알 수 있다.

내 주위에는 언제나 남자들이 많고 많은 남자들이 쫓아다닌다고 하는 여자가 있다. 그러나 그녀는 무엇인가 크게 잘못 생각하고 있다. 그것은 남자들에게 인기 있는 것이 아니라 단지 쉽게 취급당하고 있다는 것뿐이다.

노는 여자와 진지하게 사귀는 여자를 구분하는 것은 유독 한국 남성뿐만이 아니다. 24시간 편의점이라는 별명을 붙이면서도 남자들은 그런 여자와 사귀는 경우가 허다하다. 24시간 편의점, 그녀는 왜 그렇게 되어 버렸을까? 그것은 칭찬하는 말에 익숙하지 않기 때문이다.

외국인 남성은 아이 러브 유라는 말은 쉽게 하지 않지만 칭찬의 말은 아끼지 않는다. 예를 들어 지나치는 여성에게 라도 말이다.

한국 여성들은 그런 달콤한 칭찬의 말에 금방 걸려든다. 그래서 사귀다가 얼마 지나지 않아 그 남자와 헤어지는데 결국 생각해 보면 사랑한다는 말 한마디도 듣지 못했다는 것을 알게 된다.

아이 러브 유라는 말은 상당한 신뢰 관계가 없는 한 쓸 수 없는 말이다. 그것은 한국 사람도 마찬가지다. 남자가 여자를 아주 좋아한다고 해도 쑥스러워서 사랑한다는 말을 하지 못하는 경우도 있다. 그렇듯 사랑한다는 말은 하기 어려운 말이다.

아무 것도 모르는 한국 여성을 옳거니 하고 아이 러브 유를 연발해서 여자를 속이는 나쁜 외국 남자도 있다. 사귀고 나서 금방 그런 말을 입에 담는 남자는 내가 보기에는 머리를 식히고 다시 시작하는 것이 좋다는 생각이 든다.

소중한 말은 정말 사랑하는 사람에게만 하는 것이다. 그리고 정말 사랑하는 사람이란 그렇게 많이 있는 게 아니다.

한국 남성이 한국 여성과 사귀는 외국인 남성을 호의적으로 보지 않는 것을 나는 때때로 이해할 수 없다. 그럴 때 나는 여성에게 더 좋은 마음을 갖게 해 주면 좋을 텐데 하고 생각한다.

여자는 칭찬받을수록 예뻐진다. 그리고 진짜 칭찬하는 말과 거짓으로 칭찬하는 말의 차이를 알 수 있도록 자신의 내면을 닦는 자세, 그 자세가 필요하다.

사람을 칭찬하는 것에는 세금이 붙지 않는다. 그러면서도 가장 효용성이 높다. 사랑한다는 말도 같다. 소중한 사람에게 소중하게 쓰여질 때 말이다.

# 마음도 주세요

여자는 선물도 바라지만 그와 함께 마음도 바란다. 이로 인
한 행복감은 여자를 10년은 더 젊어지게 한다.

약속 장소에 나타난 친구가 자리에 앉기도 전에 열받아
죽겠다고 씩씩거렸다. 남편이 자기 생일을 잊었다는 것이
다. 대단한 선물을 기대하지는 않았지만 그래도 기억은 해
줬어야 하는 게 아니냐는 얘기다.

나이가 들수록 여자는 슬퍼지고 우울하고 불안하고 초조
해지는 기분이 드는데 거기에 남편까지 무관심하게 대하니
억한 심정이 생기더라고 했다.

결국 친구는 끓어오르는 감정을 억누르고 비이잉 둘러서
얘기를 꺼냈더니 이쪽의 억한 심정은 아는지 모르는지 너
무도 초연하게 '아차, 깜빡했네. 선물이라도 해야 했는데'
하고 심드렁하게 얘기하더라는 것이다.

"선물로 끝날 문제니?"

하고 친구가 흥분했다.

"그러면 됐잖아. 선물을 하겠대잖니? 그런데 뭐가 문제

야."

하고 나는 딱 잘라 대답했다.

"문제가 왜 없어? 그 다음이 문제지. 뭐라고 했는지 알아? 뭐든지 사고 싶은 것 있으면 사래. 나중에 돈 줄 테니까."

말을 끝낸 친구는 더 흥분해서 야단이었다.

나는 잠시 동안 숨도 못 쉴 정도로 웃었다. 눈물 때문에 아이라인이 지워져서 안경테를 그린 것처럼 되었다.

정말 남자가 얘기할 수 있는 대사였다. 아마 영화였다면 그 대사는, 여자 작가라면 책상 앞에 앉아서 끙끙대도 써지지 않는 대사였다. 여자는 선물도 바라지만 그와 함께 그의 마음도 바란다. 생일이나 기념일을 기억해 주고 바쁜 틈을 타서라도 그가 스스로 골라 준 무엇인가를 원하는 것이다. 다소 센스가 없고 비싼 물건이 아니더라도. 여자가 자기대로 혼자서 갖고 싶은 것을 사고 나중에 '지난번에 사라고 해서 샀어요. 영수증은 여기 있어요'라고 하는 것만큼 슬픈 일은 없다. 반대로 선물로 행복해 보이는 여자친구도 있다.

"출장갔다 오던 날 남편이 비행기 타기 전에 공항 면세점에서 사 왔어. 집에 돌아간다는 생각을 하니 엄청 내 생각이 나더래. 호호."

그런 친구가 더없이 행복해 보였다. 행복감은 여자를 10년은 더 젊게 만든다. 선물은 역시 달콤함이 있어야 한다.

# 세월은 강물처럼

마흔이었을 때는 단순히 남자의 시선이 문제였지만 쉰이
되니 남자의 박정함이 절절이 나를 슬프게 한다.

꽤 오래 전의 일이지만 길 저쪽에서 걸어오는 남자들의
시선이 내게 멈추지 않았을 때의 충격을 나는 지금도 잊지
못한다.

놀랄 만큼의 미인도 스타일이 좋은 것도 아니었지만, 그
래도 나 같은 여자도 열 사람 중 여섯 정도는 잠시 시선을
멈췄었다. 오직 젊다는 이유 하나만으로.

나뿐만이 아니라 대부분의 여자들이 그런 것처럼 남자들
이 봐 주고 보여지면서 조금씩 나이가 들어가는 것이다.

한국 남자들은 특히 젊고 예쁜 여자에게밖에 시선을 주
지 않는다. 그래서 이미 예쁘지도 귀엽지도 않은 여자는 다
른 것으로 남자들의 주목을 받을 수밖에 없다. 그런 이유로
내가 글을 쓰기 시작했다면 반은 진짜고 반은 거짓말이지
만.

아무튼 그 충격과 분노의 날로부터 십여 년이 지났다. 그
리고 최근에 노년기에 접어들면서 다시 충격과 슬픔으로

우울하다.

마흔이었을 때는 단순히 남자의 시선이 문제였지만 지금은 남자의 박정함이 절절이 나를 슬프게 한다.

얼마 전 젊은 여자와 남자와 나와 셋이서 백마강으로 여행을 떠났다.

그런 경우 남편이든 친구이든 예외없이 남자들은 젊은 여성에게 친절하다. 저쪽은 힘이 넘치는데도 불구하고 가방을 들어 주거나 이것저것 보살펴 준다.

반면 이미 젊지도 않고 여행 가방의 무거움으로 흔들거리고 있는 내 쪽은 완전히 무시다. 쳐다보지도 않는다.

이것은 순수하게 인간적인 배려의 문제가 아닌가 하고 생각한다. 그러나 남자란 동물은 성적 매력을 인간적인 배려보다 우선시하는 것 같다.

나이 든 남자가 젊은 여성을 배려하며 즐거워하는 모습을 보면서 나는 생각했다. 즐거우면 그것으로 좋은 게 아닌가 하고. 나는 무거운 가방을 들고 먼저 터미널의 계단을 내려왔다. 즐거워하는 두 사람을 두고.

별달리 나의 슬픔을 하소연하기 위한 것은 아니다. 언젠가 누구에게나 이런 종류의 비애와 무연일 수는 없다. 즉 피해 갈 수 없다는 것을 얘기하고 싶을 뿐이다.

젊었을 때는 손을 조금 다쳐서 아프다고 하면 애인이든 남편이든 달려와서 야단법석이었다. '보여 봐라. 얼마나 다

쳤나' 하면서.

그런데 지금은 내가 아프다고 외쳐도 아무도 달려와 주지 않는다. 그것을 알기 때문에 나는 소리치지 않는다. 아프다고 작은 소리로 중얼거릴 뿐이다.

나이가 들면 자신의 아픔에 동정하는 것은 자기 자신뿐이다. 그리고 그 아픔과 함께 지내는 것도 엄격히 자기뿐이다. 그런 생각을 할 때부터 사람은 죽음에 대한 마음의 준비를 시작한다.

나는 어딘가 양지바른 곳, 수국이 가득 피어 있는 곳에 나를 위한 장소를 준비해야겠다.

# 복수와 같은 사랑

죽음으로써 사랑에 종결을 내는 행위는 너무 사랑했다든
가 아니면 복수인지도 모른다.

여자와 남자가 만나서 사랑을 한다. 두 사람이 영원하면
좋으련만 그 사랑이 결혼까지 가지 않는 한 반드시 끝이
온다.

그때 떠나려는 한쪽에게 지키려는 한쪽이 매달린다. '내
청춘을 다 바쳤는데. 떠나지 말라'고.

그것이 받아들여지지 않을 때 집착이 생긴다. 집착의 끝
은 복수라는 형식으로 나타난다. 예를 들어 복수하기 위해
'죽어버리겠다'는 식으로.

'몽 쉐리, 당신의 탓이 아니에요. 난 언제나 열광하는 성
질이었어요. 당신 외에 사랑해 본 일은 예전에 없었어요.'

이것은 프랑소와즈 사강의 《차가운 물 속의 작은 태양》
중에서 자살한 유부녀 나타리가 연인에게 남긴 유서였다.
문학소녀이던 여고 시절 나는 사강의 작품을 거의 읽었다.
그리고 부끄럽지만 나는 만일 자살을 한다면 그런 유서를

쓰고 죽을 수 있는 여자가 되고 싶었다. 물론 문학지망생인 여고 시절 까마득히 먼 옛날의 얘기다.

아름다운 나타리가 사랑한 남자는 정신이 허약한 것에 비해서는 경박하고 에고이스틱한 남자였다.

그는 신경쇠약으로 휴양을 간 시골에서 나타리와 알게 된다. 어느 파티에서였다. 당시 나타리는 유부녀였다.

금기의 냄새를 풍기며 시작된 사랑은 말할 것도 없이 두 사람을 자극한다. 그 남자는 나타리를 파리로 데리고 가고 나타리도 남편을 버리고 그와 생활한다. 그 남자는 그 나름 대로 그녀를 사랑했지만 그가 그녀를 진짜 필요로 한 것은 자신의 정신상태가 허약했을 때뿐이었다. 그러다가 건강이 회복되자 그녀로부터 자유로워지고 싶었다. 그리고 그런 얘기를 친구에게 함으로써 그녀의 귀에 들어가고 그녀는 절망한다. 결국 그녀의 죽음에 의해 얘기는 끝이 나지만 그도 혼자 남겨지게 된다.

간단히 요약하면 그런 내용의 소설이었다.

대개 남편과 가정, 그 외 이루어 놓은 모든 것을 버리고 남자에게로 간 여자가 그 남자로부터 버림받았다는 것을 알고 죽음을 택할 때 그처럼 멋있는 유서를 썼다고 한다면 박수를 보내고 싶다.

이성관계에서 절망해서 자살한 경우 아마 유서라는 것은 그 또는 그녀가 예전부터 그렇게 있고 싶었다는 자기 자신의 미학을 도취 상태 속에서 쓰게 될 것이다. 그것은 객관적인 인식과는 거리가 먼 것이지만 그렇다고 해도 무엇인가에 좌절해서 죽으려 하는 인간은 최후까지 자신을 아름답게 보이려 하는 권리가 있는 것 같다는 생각이 든다. 그것은 자살이라는 행위가 나르시시즘의 표현이기 때문이다.

그러고 보니 언제였던가, 사강이 그려내는 세계는 대개 나르시스틱해서 진절머리가 난다는 이야기를 한 남자가 있었다.

그러면 남자가 그리는 하드보일드의 세계, 남자의 로망이라든가 남자끼리의 어떤 세계가 나르시스틱하지 않은가 하면 그 말에는 대답을 찾지 못한다.

그런 것처럼 죽어도 사강의 작품은 읽고 싶지 않다고 생각하는 남자가 이 세상에는 많은데, 결국 그런 남자에 한해서 남자의 나르시시즘을 추구하고 여자의 나르시시즘을 싫어하니까 이상한 일이다.

사실 나타리의 유서는 여류작가가 아니면 쓸 수 없었다. 연애소설 중에 어떤 종류의 댄디한 세계를 표현한다고 하면 남자 작가는 여자 작가에게 밀릴지 모른다.

'난 언제나 조금 열광하는 성질이었다'라는 구절은 슬플만큼 명쾌하고 건조하고 댄디즘 그 자체이다.

그것을 칭해서 지나치게 나르시스틱하다고 비난하는 남자가 있다면 한심스럽다.

사강은 정말 여자측에서 여자의 댄디즘을 그려낸 작가의
한 사람이다. 남자의 댄디즘과 여자의 댄디즘은 서로 다를
지 모르지만 여자인 내가 그런 유서를 쓰고 죽을 수 있다
면 하고 50이 다 된 지금도 진심으로 생각해 볼 때가 있다.

그러나 생각해 보면 죽음으로써 사랑에 종결을 내는 행
위는 너무 사랑했다든가, 아니면 복수인지도 모른다. 죽어
서라도 치러야 할 대가라는 점에서. 정열이든 진실에 대해
서든.

50이 된 여자가 사랑 때문에 자살을 했다면 복수와 같은
사랑 외엔 생각할 수가 없다. 물론 소설이나 영화 속에서만
가능한 얘기지만.

# 오늘은 쟈스민 향을

청결한 비누 냄새도 좋지만 샤워를 하고 막 나온 깨끗한
냄새를 풍기는 남자에게서는 왠지 지루함이 느껴진다.

크리스챤 디올의 쁘와죵은 내가 좋아하는 향수 중의 하
나이다. 오리엔탈을 연상시키는 신비적이면서 약간 동물의
냄새가 난다.

맨 처음 나왔을 때 나는 한 달에 한 병 정도 쓸 만큼 마
음에 들어했다. 아침 샤워를 하고 나서나 글을 쓰다가, 또
는 음악을 듣다가도 쁘와죵을 뿌렸다.

최근에는 공주병 패션의 여자들이 사용하고 있어서 좀
유감이다. 공주병 패션보다 하와이나 괌, 아니면 남쪽의 아
름다운 섬에서 한가롭게 보낼 때 더 어울리는 향이라고 생
각하기 때문이다.

쁘와죵은 독(毒)이라는 의미이다. 다시 말해서 영어의 포
이슨(poison)이다.

최근의 향수는 정말 이상하다. 입생롤랑의 오피움, 마약
이라는 것이 나왔는가 하면 칼반클라인은 오브셋션, 망상이

라는 것을 내놓았다. 또 무엇이 나올지 궁금하다.

미국 남자들은 여자들이 애용하는 향기를 칭찬해 준다. 작년에 미국 여행을 하는 도중이었다. 열차의 옆자리에 앉은 노신사가 인자하게 웃으면서 내게 물어왔다. 뿌리고 있는 향수가 무엇이냐고.

그런데 한국 사람들은 여성이든 남성이든 향수를 별로 좋아하지 않는다. 향수에 관해서 자기가 뿌리는 건 그렇다 치지만 자기의 남자 또는 여자가 되면 얘기는 다르다. 향수 냄새를 풍기는 여자 또는 남자에게는 오히려 경악감을 노골적으로 드러낸다. 그러나 나는 생각이 다르다. 향수를 뿌린 남자가 좋다. 옆에 있으면 은근히 풍겨 오는 향기, 거기에 매료되고 만다. 나는 향수를 좋아한다. 향수에 관한 슬픈 기억은 셀 수 없을 만큼 많다. 그러나 이상하게도 향수에 관한 기억 중에 경악감이라는 것은 없다. 냄새에서 기억되는 남자는 모두 괜찮은 남자다.

청결한 비누 냄새도 좋지만 샤워를 하고 막 나온 깨끗한 냄새를 풍기는 남자에게서 나는 왠지 지루함을 느낀다.

나는 향수를 좋아하는 데 비해 귀고리나 목걸이, 반지 등은 끼지 않는다. 그런 장신구는 싫다.

외출할 때 옷을 입고 머리를 만지고 나서 마지막으로 장신구 대신에 향수를 뿌린다. 요즘에는 독이 전혀 없는 향이 좋다. 쟈스민향 같은. 나이가 든 탓인가 보다.

# 나이 탓

비싼 돈을 내고 먹는 것이 맛이 있는 건 당연하다. 그러나
진짜는 싸고 맛이 있어야 한다.

어느 나라를 여행하든 그 나라의 음식에 금방 익숙해지
는 사람이 있다. 나도 예전에는 그랬다. 유럽과 미국은 물
론 동남아시아에도 몇 번 여행을 했지만 그쪽 요리를 맛있
게 먹었다. 그런데 도저히 입에 맞지 않았던 것은 태국 요
리였다. 냄새가 강하고 향이 지나치게 강렬해서 먹기에 무
척 힘이 들었다. 그 향은 내가 가장 싫어하는 향이었다.

어떤 사람은 그 향이 없으면 요리가 맛이 없다고 한다.
그래서 자기 집 뜰에 심을 정도로 좋아하는 사람도 있다.

내가 외국 여행을 가는 즐거움 중의 하나는 그 나라의
음식을 먹는 일이다. 그래서 맛있는 음식을 먹을 수 있는
음식점을 찾지 못했을 때는 맥이 풀리고 만다.

영국 사람에게는 미안한 얘기지만 런던에 가면 정말 음
식 맛이 없다. 영국에서 맛있는 것은 아침 식사뿐이다.

지난번에 런던의 호텔이 아니라 시골의 어느 펜션에 머

물렀을 때 주인 아주머니가 만들어 준 아침 식사는 정말 맛이 있었다. 특히 베이컨과 커피 맛은 잊을 수가 없다.

그러나 아침 식사를 뺀 런던의 식사는 입을 다물 정도로 맛이 없다. 왜 그렇게 맛없는 식사를 보존하고 있는가 하는 생각을 하면, 역시 영국은 전통을 중시하기 때문이 아닌가 하는 생각이 든다. 아무튼 영국인의 완고함에는 놀라지 않을 수 없었다.

프랑스의 레스토랑은 내가 생각하기에 시골이 훨씬 맛이 있었다. 비싼 돈을 내고 파리의 고급 레스토랑에서 먹는 것보다 역 앞의 레스토랑 겸 호텔에서 먹는 요리가 더 맛이 있다.

비싼 돈을 내고 먹는 것이 맛이 있는 건 당연하다. 그러나 진짜는 싸고 맛이 있어야 한다.

스페인에는 딱 한 번 간 일이 있는데 무엇이든 올리브 기름을 사용하는 데 질리고 말았다. 맛이 없지는 않지만 올리브 기름 때문인지 5일이 지난 뒤부터 배탈이 났다.

마드리드에는 포장마차가 나란히 서 있는 뒷골목이 있다. 올리브 기름을 깐 철판에 작은 새우나 생선을 구워서 와인을 마실 수 있다. 너무 맛있어서 감격하던 나도 결국 올리브의 냄새에 식상해서 비명을 지를 정도였다.

나이가 든 탓인지 외국에 며칠 있으면 한국 음식이 먹고 싶어진다. 특히 고향 음식이 그립다. 콩잎에 멸치젓, 자리젓, 우럭 조림, 고등어 구이.

얼마 전 열흘 동안 영국 여행을 다녀와서 제주에 도착하자마자 나는 갈치국을 먹으러 갔다. 갈치국을 먹으면서 갈치국이 이렇게 맛있는 것이었구나 하는 생각에 눈물이 핑 돌았다.

예전에는 고향 음식이 없어도 개의치 않았지만 외국에 있으면서 고향 음식이 그리워지는 걸 보니 역시 나이 탓인 것 같다. 아니, 그런 것은 분명히 나이 탓이라고 들었다.

# 편견과 독단으로

왠지 남자에게는 저금이 어울리지 않는다. 그러나 여자
란 제멋대로여서 저금하는 남자는 싫어하면서 저금이
한푼도 없는 남자도 또한 싫어한다.

저녁식사를 하는 자리에서 친구가 말했다.

"우리 남자 저금이 전혀 없어. 제로야."

그때 나는 그녀의 쓸쓸한 웃음 속에서 아주 작은 하나의
기쁨을 보았다. 나에게도 같은 생각이 있기 때문에 이해할
수 있었다.

다시 말해 돼지저금통을 갖고 있거나 ○○적금 같은 걸
들고 있는 남자는 싫다.

왠지 남자에게는 저금이 어울리지 않는다. 나의 편견과
독단이겠지만 저금이 어울리는 남자는 인기가 없다는 생각
이 든다.

바로 이런 생각이 나라는 여자의 가장 큰 맹점이다. 현실
에 맞지 않고 50줄에 접어들어도 구름 잡는 생각이나 하는
비현실적인 여자라는 점에서 그렇다.

그러나 나의 편견과 독단의 주장을 편다면 여자는 역시

남자에게 꿈을 꾸고 있기 때문이라고 하고 싶다.

남자는 소소하고 작은 일에 연연하지 않고 통쾌하게 커다란 꿈을 향해 맹돌진해 주었으면 하는 것이 나의 작은 바람이다.

저금하는 남자는 그 모든 것에 위반된다는 생각이 든다. 더구나 정기적금 같은 것은 논외다.

남자는 돈을 써야 할 때는 쓰고 없을 때는 물을 마시며 지낼 수 있을 정도의 폼생폼사로 있어야지 정기적금을 붓는 남자는 시시해서 별로다.

그 중에서도 특히 저금이 어울리지 않는 직업이 있다는 것을 알았다. 시인이다. 정기적금의 통장을 처다보고 있는 시인의 작품은 그것만으로도 믿을 수 없다.

또 화가, 배우, 축구 선수 등 프로 스포츠 선수, 락가수 등 모두 저금이 안 어울린다. 아마 꿈을 팔고 언제나 절벽에서 아슬아슬하게 살아가고 있는 뉘앙스를 풍기는 직업이기 때문이 아닐까.

그러나 여자란 제멋대로이기 때문에 저금하는 남자는 싫어하면서 저금이 한푼도 없는 남자도 또한 싫어한다. 반지도 못 사고 결혼식도 초라하고 언제 자기 집 한칸이라도 마련할지 모르는 앞날이 깜깜한 남자의 효용성을 의심해 버린다. 무계획적인 남자는 더욱 싫어한다.

"저금하는 것이 성격상 맞지 않지만 어머니가 매월 강제로 내 월급에서 얼마씩 떼어서 적금을 들어 주셨어. 좋으실 대로 하시라고 했지 뭐. 그것도 효도일 것 같아서. 하하."

이렇게 말하는 남자가 가장 현명하다는 생각이 든다. 아직 독신인 남자의 경우라면.

# 아저씨와 아주머니

아저씨는 다이어트를 해야겠다고 생각하면 조깅이라도 하지만 아주머니는 수술로 삼겹살의 기름을 뺀다는 기사를 열심히 읽는다.

아저씨와 아주머니가 다른 점이 무엇인가를 생각해 봤다.

아저씨는 중년이 되면 아내를 즐겁게 해 주는 데 인색하지 말아야 한다고 생각한다. 그래서 해외든 국내든 아내와 함께 여행을 가려고 한다. 그런데 아내, 이른바 아주머니는 질색을 한다.

왜 그런가?

여행을 간다 해도 설레는 마음은 한두 번뿐이다. 결국 여행지에서와 집에서 하는 일이 똑같기 때문이다. 표 끊는 일에서부터 짐을 쌌다 풀었다 하는 일, 양말과 옷을 챙겨 주는 일, 행여나 아저씨가 당뇨나 고혈압일 경우에는 약까지 챙겨 주어야 한다. 이렇게 되다 보니 말이 여행이지 뒷수발은 언제나 아주머니 몫이다.

해외여행을 할 때는 여행사가 모두 해 주니까 편한 것 같지만 사실은 그렇지도 않다. 선물 고르는 것이나 환전하는 일 등 자잘한 게 많다.

게다가 부부싸움을 해도 말이 통하지 않으니까 개별 행동을 할 수가 없다. 그렇게 되면 가정 내 이혼이 아니라 여행 중 이혼이 되는 셈이다.

아저씨는 아주머니를 즐겁게 해 보려고 해외여행을 계획하지만 아주머니는 집에 있을 때와 똑같이 일을 할 바에는 얘기가 다르다. 즉 마음에 맞는 친구 몇 명이서 여행하는 편이 훨씬 낫다고 생각한다.

아저씨는 별장을 갖고 싶어하지만 아주머니는 별장에서 아저씨와 함께인가 하는 생각을 하면 별로 마음이 내키지 않는다. 그보다도 리조트호텔에 머무는 편이 훨씬 낫다고 생각한다.

또 아저씨는 아홉 시 뉴스를 보고 아주머니는 〈사랑이 뭐길래〉를 본다.

그리고 아저씨는 다이어트를 해야겠다고 생각하면 조깅이라도 하지만 아주머니는 수술로 삼겹살의 기름을 뺀다는 기사를 열심히 읽는다.

아저씨는 술을 끊기 시작한 사람들이 많다. 그런데 아주머니는 마시기 시작하는 사람들이 많다.

이것을 말하자면 인생전선 축소지향형과 확대지향형의 차이라고 할 수 있겠다. 아저씨는 해야 할 것을 모두 했다. 다만 할부금 상환 등으로 은둔도 할 수 없고 건강의 문제에 있어서도 전선을 슬슬 후퇴할 수밖에.

최후의 보루로 서서히 틀어박힐 수 있는 장소가 집이다.

아주머니는 지금까지 남편과 아이들을 위해 바쳐 온 인생을 지금부터는 나를 위해 탕진(?)하려는 보상심리가 있다. 그래서 지금까지 하지 않았던 일, 하지 못했던 일에 도전해 보려고 한다.

아저씨는 신문에 난 부고 소식을 보고 50대, 60대의 사망이 의외로 많은 데 대해 충격을 받는다. 그러나 아주머니는 자신의 나이가 얼마이든 타인은 타인, 나는 나라는 의식이 있어 별로 충격받지 않는다. 또한 자기만은 죽지 않는다고 믿고 있다.

아저씨는 불륜을 꿈꾼다. 행여 찬스가 있으면 깊이 빠져 버릴지도 모른다는 위기감을 느끼면서도 그 위기를 꿈꾼다.

그리고 아주머니는 만일 불륜의 찬스가 있으면 우선 상대방을 흥신소에 의뢰하고 조사할 생각을 한다. 심지어는 인품, 골격, 재산까지도 조사하려고 한다.

이렇게 아주머니는 실제적이고 주정적이라기보다는 주지(主知)적이다.

아저씨는 한방에 관심을 가지고 친근감을 느낀다. 독서 경향도 중국 고전의 예지를 배우려는 자세가 눈물겹다. 그런데 아주머니는 구미나 유럽 문명에 열심이다. 브랜드 옷을 입고 격조가 높아졌다고 생각하지만 아저씨 눈으로 보면 아주머니는 무엇을 입어도 같아 보인다.

아저씨는 황실 대통령의 뉴스에는 관심이 없다. 그러나 뉴스를 좋아하고 열심히 듣는다.

아주머니는 뉴스에는 별 관심이 없으나 대통령 영부인의 옷이 어떻고 하는 뉴스는 곧잘 듣는다. 옷 로비 사건의 청문회는 끝까지 본다.

어째서 이렇게 다른가?

본능이다. 본능이라고 하면 더 이상 할말이 없다.

# 서점에서

나는 우선 원칙으로 한 권밖에 사지 않는다. 두 권이나 사
버리면 어느 쪽을 먼저 읽을까 하는 것으로 망설여지니까.

뭔가 읽을 만한 책이 없을까 하고 서점에 갈 때는 왠지
마음이 두근거린다. 나는 그 두근거림이 좋다. 진열된 책들
앞에 서서 우선 책 표지의 제목을 하나씩 감상한다. 다음엔
마음에 드는 책을 하나 골라 멍하니 쳐다본다. 특별히 목차
를 읽는 것도 아니다. 글자 그대로 멍하니 볼 뿐이다.

멍하니 집중이 흐려진 느낌 속에서 어떤 제목만이 산뜻
하게 떠오르는 것, 그럴 때 문득 제목의 글자가 들어온다.
그러면 그것을 펼친다. 그리고 그 몇 줄을 읽는다. 그리고
는 만족해 한다. 결국에는 그것을 산다. 그것으로 그날 사
야 될 책이 정해진다.

이상하게도 그렇게 해서 산 책은 실패하지 않는다. 이런
책과 만나고 싶었다는 바람 같은 것이 일치하기 때문이다.

나의 연인은 서점에 가면 열 권 정도를 한꺼번에 사가지
고 온다.

나는 우선 원칙으로 한 권밖에 사지 않는다. 두 권이나 사버리면 어느 쪽을 먼저 읽을까 하는 것으로 망설여져서 한 권을 읽는 동안 또 한 권에 신경이 쓰여 마음이 혼란스러워지기 때문이다.

읽지 않으면 안 되는 책이 쌓여 있다고 생각하는 것은 하나의 병이다. 그래서 나는 언제나 한 권밖에 사지 않는다.

내가 글을 쓰는 직업을 가진 이후부터는 예전처럼 서점에서 편안한 마음으로 있을 수 없게 되었다. 내 책이 어느 구석엔가 놓여 있거나 꽂혀 있다는 생각을 하면 그 근처에 마치 암세포가 있는 것 같아서 싫다. 달아나고 싶어진다.

런던의 큰 서점에 간 일이 있었다. 우리나라와 매우 다른 것은 전기(伝記)라든가 자서전이라든가 하는 코너가 엄청 크고 종류가 많다는 데 놀랐다.

영국인들은 자서전이나 전기를 대단히 좋아하는 모양이다. 그런 것에 비해 나는 우선 자서전 같은 것은 읽지 않는다. 아무리 위대한 사람의 얘기라도 자서전은 별로 재미가 없다. 타인의 위대한 삶보다도 자기 자신의 악전고투의 인생을 살아가는 편이 훨씬 흥미 있다.

이렇게 쓰고 보니 아차 하는 마음도 든다. 자신의 악전고투에 흥미가 있다는 것은 어쩌면 나도 자서전 같은 것을 쓰게 될지도 모른다는 두려움이 생기기 때문이다. 결코 그것만은 하고 싶지 않다고 굳게 마음먹고 있지만.

　나는 또 책을 사지도 않으면서 서점에서 몇 시간 서서 읽거나 하는 행위는 싫어한다. 또 나 자신이 그렇게 하지도 않는다. 그것은 어쨌든 자신할 수 있다.

　서점에 갈 때는 대개 필요에 의해서 간다. 다시 말해서 지금 이런 테마의 글을 써 보고 싶다는 것이 확실해졌을 때이다.

　그렇지 않았던 경우가 단 한 번 있기는 하다.

　영화 〈폴링 인 러브〉를 보고 나서였다. 로버트 드니로와 메릴 스트립이 크리스마스 이브에 붐비는 서점에서 만나는 장면이 너무나 인상적이었다.

　그 후 혹여나 해서 서점을 기웃거렸다면 내가 너무 불순한 것일까?

# 목격자와 증인

부부관계만큼 겉치레의 말이 통하지 않는 관계도 없다. 진심이 아니면 비수 같은 한마디만이 존재하는 관계. 그래서 부부관계를 법정관계라고 하기도 한다. 서로의 인생에 목격자이고 증인이니까. 증인과 목격자는 오직 진실만을 말해야 하니까.

'듣기 좋은 말은 백 가지 해가 있을 뿐 하나의 이익도 없다'라는 말이 있다. '좋은 약은 입에 쓰다'라는 말도 있다. 그처럼 진실의 말을 듣기란 결코 쉬운 게 아니다.

세상에는 겉치레의 말을 잘하는 사람들이 얼마든지 있다. 정치가나 세일즈맨, 하물며 연인 사이도 겉치레 말로 서로의 마음을 끌려고 할 때가 있다.

겉치레의 말이 우리들 생활에 촉촉함을 주고 즐겁게 해주는 효용은 있다. 그러나 그것에 의해 배신당할 가능성도 분별해 둬야 한다.

'넌 훌륭해. 당신은 멋있는 사람이야' 하는 식으로 타인에게 칭찬을 받으면 주의하는 것이 좋다. 액면 그대로 받아들여 자부심에 넘쳐 천방지축으로 행동하다가 정신을 차렸을 때는 이미 늦다. 즉 상대의 페이스에 맞추다 보면 자신을 망친다는 말이다.

적당한 겉치레의 말로 타인을 갈팡질팡거리게 하는 사람

도 나쁘지만 그런 말에 의해 갈팡질팡하는 사람도 문제가 있다.

그런데 타인에게는 진심이든 거짓이든 빈말이든 겉치레의 말이든 할 수 있는데, 전혀 안 되는 상대가 있다. 바로 남편과 아내의 사이다.

겉치레나 허드렛말, 빈말이 도저히 안 되는 사이, 아내와 남편. 생각할수록 재미있는 관계라는 생각이 든다.

여자는 특히 사랑하는 사람한테서 '사랑한다, 예쁘다'는 식의 말을 매일이라도 듣고 싶어한다. 그리고 사랑하는 사람이 쓰다듬어 주고 안아 주길 바란다.

그런데 어떻게 된 일인지 결혼해서 이삼 개월, 길면 일 년 정도 지나면 기억상실증에 언어상실증까지 걸린 사람들처럼 남편들은 아내에게 '사랑한다, 예쁘다'라는 얘길 전혀 하지 않는다. 뿐만 아니라 어깨를 쓰다듬어 주고 안아 주기는커녕 눈길도 주지 않는다. 마치 그렇게 하면 큰일이라도 나는 것처럼.(물론 그 중에는 평생을 사랑한다며 지내는 남자도 없지는 않겠지만.)

사랑하는 아내가 기다리고 있는 집으로 퇴근하자마자 바로 돌아오고, 아내의 요리를 칭찬하고 식사 후 아내와 같이 TV를 보고 차를 마시고 하는 것은 결혼 후 삼사 개월, 길면 일 년이다.

그 이후부터는 퇴근하자마자 바로 집으로 돌아오는 남자

가 드물다. 있다면 몸이 괴롭다든가 아니면 밖에서 별볼일 없는 남자일 것이다.

문제는 매일 신혼 초처럼 그런 날이 되풀이되면 어쩌면 숨통이 막혀 버릴지도 모른다는 얘기다.

그러니까 가끔 늦게 술도 마시고 밖에서 즐겁게 놀다 들어와도 좋다. 그리고 전화 한 통이면 해결된다. '여보 사랑해. 좀 늦을 거야'라고.

그런데 남자들은 손은 뒀다 뭣하려는 것인지 그것을 못한다. 더 놀고 싶으면 좀더 놀다 들어와서 '미안해' 하는 한마디면 될 텐데, 입은 뒀다 어디에 쓰려는지 그것을 못한다. 너무 인색하다. 밖에서 늦게 술마시고 놀다 들어오는 게 미안하지도 않고, 결혼해서 십수 년이 지나면서 헌 가구 보듯이 덤덤하게 느껴지는 아내지만 '미안하다, 사랑한다'는 말 정도는 하고 살았으면 좋겠다. 겉치레의 말이라 할지라도.

부부 관계만큼 겉치레의 말이 통하지 않는 관계도 없다. 진심이 아니면 비수 같은 한마디만이 존재하는 관계. 그래서 어떤 사람은 부부 관계를 법정 관계라고 하기도 한다. 서로의 인생에 목격자이고 증인이니까. 증인과 목격자는 오직 진실만을 말해야 하기 때문에.

# 고민도 여러 가지

문자는 쓰는 것이지 치는 게 아니라는 생각이 든다. 하물며
화면에 제멋대로 문자가 나타난다는 건 언어도단이다.

다른 사람이 워드프로세서로 작성한 편지나 원고를 읽는
것은 좋아하지만 내가 사용하는 데는 저항감이 생긴다.

그렇게 하면 물론 편리한 건 사실이다.

그러나 나는 문자는 쓰는 것이지 치는 게 아니라는 생각
이 든다. 하물며 화면에 제멋대로 문자가 나타난다는 건 언
어도단이다.

그래도 서너 번 나도 사용을 해 봤다. 시대의 흐름을 타
는 것을 기본적으로 싫어하지는 않지만 역시 받아들일 수
없었다.

나는 원고를 쓰는 도구에 그렇게 연연하지는 않지만 그
게 아니면 안 된다는 것이 하나 있다.

B의 연필이다. 워드프로세서를 힘들게 해 보다가 포기하
고 B의 연필로 쓰기 시작했을 때의 안도감은 어떻게 표현
할 수 없을 정도다. 전신으로 안심감을 느꼈다고 하면 정확

한지 어떤지.

내가 쓰는 B의 연필은 문방구에서 눈에 띄기만 하면 무조건 사서 모은다. 그래서 그것을 모두 깎는다.

내 책상 위에는 보통 크기의 상자가 두 개 있다. 하나는 깎아 놓은 연필을 담아 놓고 다른 하나는 사용한 연필을 놓아 둔다. 아무튼 양쪽을 다 합하면 오백여 개가 훨씬 넘는다.

나는 사백자 원고지를 쓰는데 한 장을 쓰면 연필심이 뭉퉁해진다. 그것을 다른 한쪽 상자에 넣는다. 그게 또 재미있다.

지금껏 워드프로세서는 물론 그 B의 연필, 만년필, 볼펜 등으로 원고를 써 봤지만 틀린 글을 금세 지울 수 있고 별로 힘 안 들이고 쓰는 데는 B의 연필이 최고라는 생각이 든다. 익숙한 탓인지 글을 빨리 쓸 수 있는 것은 물론 손에 묻어나는 연필 냄새도 좋다.

어느 날엔가는 만년필로 쓰는 게 더 멋있을 것 같은 생각에 써 봤는데 어쩐지 잘 써지질 않았다.

등단 이후 6년을 한결같이 연필로 글을 써 왔다. 이처럼 일을 해 주는 연필인데 버릴 수가 있는가.

그것이 문제다. 그래서 몽당연필이 된 것은 볼펜 뒤에 끼워서 쓴다. 별달리 알뜰한 경제관념 때문은 아니다. 그냥 버릴 수가 없기 때문이다.

문제는 어느만큼 작아지면 버려야 할지 판단이 안 선다.

그런 얘길 했더니 내 여동생이 몽당연필 버리는 판단이 안 서 고민하는 시간이면 워드프로세서를 배우라고 말했다. 그러면 그런 고민은 없을 게 아니냐고 한다.

# 연중무휴

나는 아무 것도 하지 않는 걸 좋아한다. 무료함이 좋다. 그
래도 역시 매일 바쁘게 생활하는 사람들이 부럽다.

6개월 동안 한 줄도 쓰지 않았다. 이래도 과연 내가 글쓰
는 직업을 가졌다고 할 수 있을지 한심스럽다. 게으른 성격
은 하루아침에 고쳐지지 않는 게 아니라 평생 고칠 수 없
음을 통감하는 요즘이다.

나는 아무 것도 하지 않는 걸 좋아한다. 무료함이 좋다.
그래도 역시 매일 바쁘게 생활하고 있는 사람들이 부럽다.

나처럼 계획 없이 생활하는 게으름뱅이에게는 원고 마감
이다 취재 여행이다 창작 기행이다 하면서 바쁘게 생활하
는 사람을 보면 정말 부럽다.

나도 좀 분발해야겠다는 생각이 들기도 하지만, 끊고 맺
음이 없는 생활을 하는 나 같은 인간에게 규칙적인 생활은
하늘의 별 따기다.

어렸을 때 나는 작가라고 하면 선술집에서 문학에 대한
얘기로 꽃을 피우는 사람이라고 생각했다.

116

물론 지금도 그런 사람들이 있기는 하지만 보기 드물다.

작가는 창작의 비밀을 선술집에서 떠들어대는 게 좋지 않다는 생각이 들어서인지, 아니면 세대가 바뀌어서인지는 모르겠다.

그런 풍경을 예전처럼 볼 수 없는 일도 어딘가 쓸쓸하다.

건전한 육체야말로 불건전한 정신을 표현할 수 있다.

나는 결심했다. 이제부터라도 일찍 자고 일찍 일어나는 습관을 키워야겠다고.

그런데 아침 일찍 일어나는 것까지는 좋았는데 운동은 하지 않고 TV를 켜고 아침 뉴스에서부터 〈아침 마당〉을 처음부터 끝까지 봐 버렸다. 무엇 때문에 일찍 일어났는지 알 수가 없다.

작가에게는 그 나름대로 집필 전 의식이라는 게 있는 모양이다. 연필을 깎는다든가 커피를 마신다든가 정신통일을 위해 뭔가를 하는 사람들이 많다.

마음을 가라앉히고 등을 펴고 책상 앞에 앉는 것이 얼마나 바람직한 일인가. 조깅이든 산책이든 일상생활과 다른 상태에 마음을 가져가는 건 작가라는 직업에 중요한 일부분이다.

나의 글쓰기 전 의식(?)은 무엇인가 하면 TV를 종일 보고 친구에게 긴 전화를 하거나 하는 것이다. 빈둥대고, 먹고 실컷 게으름 피우고 나서야 비로소 책상 앞에 앉을 마음이 생긴다.

나의 창작에 대한 행위의 나쁨은 글을 쓰기 전의 의식이 없음인지도 모르겠다.

나의 경우 정신 집중은 원고 마감이 지난 후라야 겨우 시작된다고나 할까. 쓰고 싶은 걸 쓰는 선택받은 상황에 있으면서 이 방자함은 무엇인가. 사치는 적이다. 초심을 잊어서는 안 된다.

그나저나 작가란 직업은 결코 포기해서는 안 되는 유해한 악몽이다. 오늘은 한 줄도 못 썼지만 내일은, 언젠가는 꼭…… 이런 식으로. 내일은 내일의 태양이 뜨니까라는 식으로 말이다.

나는 오늘은 아침부터 비가 오니까 하는 이유로 일은 하지 않고 대신 책을 읽는다.

나 같은 직업을 가진 사람은 달리 휴가라는 것도 없다. 매일 휴가라면 휴가이고 연중무휴라고 하면 무휴인 것이다.

# 기대하지 마세요

남자들의 화장 안한 여성에 대한 환상 때문에 요즘은
창부와 숙녀의 구별이 없다.

본심을 얘기하면 나는 화장하는 것을 좋아한다. 그리고
화장한 여성을 좋아한다. 화장하는 것을 우습게 보고 맨얼
굴로 다니는 여자는 별로 좋아하지 않는다. 캐리어가 배인
얼굴이라든가 일에 대한 자신이 만드는 향기가 있는 맨얼
굴이 왠지 거짓 같고 또 불손함마저 느껴진다.

화장은 내면이 빈곤하니까 하는 것이고 주위에 대한 아
첨으로밖에 보이지 않는다는 식으로 남자는 여성의 의식을
부채질한다. 사회도 마찬가지다. 거침없이 내용으로 승패를
정하고 맨얼굴로 내용만을 봐 주세요 하는 식이다.

단순한 발상이라는 생각이 든다.

내용이 넘쳐서 외견을 커버해 줄 만큼의 여성이 물론 없
다고는 말할 수 없다. 그러나 쉽게 찾아볼 수가 없다.

내용으로 승패를 정하겠노라고 해서 치장을 하지 않든
귀찮아서 있는 그대로의 모습으로 있겠다고 합리화하든 그

건 자유다.

화장을 하는 여성이 사실은 겸허하고 심층적인 마음의 풍경을 갖고 있다고 나는 생각한다. 여기에 '심층적이라고?' 하면서 비웃을 남성들이 있을지 모르지만 하여간 내가 보기엔 심층적이다.

다시 말해서 화장, 옷, 표정과 행동 등이 꽤 복잡하다. 외견과 내면이 서로 다르게 나타나는 게 아니라 함께 표현되기 때문에 복잡한 것이다. 그래서 심층적이라고 표현할 수밖에 없다.

예를 들어 어떤 사소한 일이라도 자기에게 그것이 어울리지 않는다고 타인에게서 듣는 일은 싫어한다. 그 지적이 틀리지 않다고 생각될 때는 더욱 그렇다.

아무리 부드러운 얼굴로 '그것과 당신은 잘 어울린다'고 했다고 해도 불유쾌한 마음이 들기는 마찬가지다. 그러므로 무책임하게 그런 얘기는 하지 말았으면 한다.

어울린다는 말은 자주 사용하는 말인데 막상 쓰려고 하면 의외로 어려움이 있다.

어울린다는 말을 자신에게 쓰려고 하면 타인에게 사용하는 경우보다 더 어렵다. 무엇이 자신에게 어울리는가를 정확히 알 수 있을 때는 감정이 격하게 움직였을 때라는 생각이 든다. 그리고 그것이 자신에게 어울리는가를 생각하지 않는다. 지금 나에게는 이것밖에 없다고 생각한다. 그게 재미있다.

자신에게 어울리는 화장을 할 수 있을 때까지는 많은 시간과 돈과 노력이 필요하다. 실패를 반복하고 창피도 당하면서.

솔직히 현실에서 맨얼굴의 미인이 있을까. 소설 속에서는 흔히 볼 수 있지만.

예를 들면 '지하철이나 버스 속에서 우연히 마주친 그녀는 화장기 없는 얼굴이었다. 청초하고 무척 아름다웠다'는 식으로.

탤런트나 영화배우들이 보통때 맨얼굴로 다니는 것은 영업용 얼굴과 생활의 얼굴이 다르기 때문이다. 일이 끝나면 화장을 지우고 마음 가볍게 지내는 일은 이해를 한다.

그러나 여자의 맨얼굴이 아름답다고 하는 얘기는 중년이 지난 우리에게는 잔인하게 들린다. 아니면 남자들의 덧없는 바람일지도 모른다.

무더운 날씨에 두터운 화장을 한 여자를 보면 구역질이 날 정도로 기분이 나쁘다고 어떤 남자가 얘기하는 걸 들었다. 대낮부터 짙은 화장을 하는 여자를 이해 못하고 까탈스럽게 화장기 없는 맨얼굴을 바라고, 그런 얼굴이 예쁘다고 주장하는 남자들의 환상엔 정말 열받는다. 자신들의 델리킷이 없음을 자중하길 바란다.

여름엔 특별히 맨얼굴이 좋다. 바다에 가서 살짝 태워서 건강하고 아름답고 싱그럽게 보이는 피부의 맨얼굴은 두말 할 필요도 없이 좋다.

그러나 그럴 수 없는 중년 여인의 입장에도 서 보면 더 떨까 싶다.

사랑이 소설의 영원한 테마인 것처럼 화장품 광고는 사회사 내지는 풍속사의 하나라고 나는 생각한다.

남자가 바라는 대로 맨얼굴이라면 역사의 페이지를 찢으라는 얘긴지 역사를 만들지 말라는 얘긴지 참으로 한심하고 답답하다.

문제는 자신에게 어울리는 화장법을 찾아내서 어울리게 하고 다니면 그뿐인 것이다.

남자들의 맨얼굴에 대한 환상 때문에 요즘은 창부와 숙녀의 구별이 없다.

# 질투는 질투, 내숭은 내숭

질투를 적당히 할 수 있는 경우는 짝사랑 정도의 상대였을
때라면 가능하다.

사랑에 질투는 반드시 따르는 법이다. 그래서 어차피 질
투를 해야 한다면 격조(?) 높은, 아니 질 좋은 질투를 하는
편이 좋은 것은 말할 필요도 없다.

질 높은 질투를 할 수 있는 여자, 나 자신도 그렇게 되고
싶다. 이왕 질투를 할 바에는.

그러나 그것은 간단히 되는 일이 아니다. 아마도 압도적
으로 다수의 여자들은 상대가 짜증날 정도로 드러내 놓고
질투를 하거나 아니면 억누르고 초연한 척 내숭을 떤다. 이
런 식은 둘 다 결코 질 높은 질투라고 말할 수 없다.

시끄럽다고 느껴지면 달아나 버릴 테고 태연한 척 있으
면 질투하지 않는 것처럼 볼 것이다.

질 높은 질투는 무엇보다도 최고의 애정 표현이고 애정
고백이다. 그러므로 질투는 지나쳐도, 전혀 하지 않아도 의
미가 없다.

예를 들어, 비오는 밤 늦게 돌아온 남편의 레인코트가 어깨 반쯤 젖어 있다고 하자. 혼자 우산을 썼다면 반쪽만 젖을 리가 없다. 당연히 누구와 같이 우산을 쓰고 왔기 때문이다.

그것을 눈치챘을 때 열받고 토라져서 넘겨짚고 빈정대는 것은 좋지 않다. 초연함을 보이면서 속으로 혼자서 부글부글 속앓이를 하는 것도 작전상 바람직하지 못하다.

그럴 땐 차라리,

"어머! 그리고 보니 당신 몸 반쪽이 젖었네요. 다음부터는 우산을 상대에게 주고 당신은 아예 비를 흠뻑 맞고 오세요. 감기 걸리면 내가 간호해 드릴 테니까요."
하고 급소를 찌르는 게 효과적이다.

그리고 아주 친절하게 굳 나잇 키스라도 하고 웃으면 말 그대로 품위를 유지하며 적을 항복시키는 셈이 된다. 이렇게 쓰기는 쉽지만 사실 그렇게 하기란 쉬운 일이 아니다.

내가 오랫동안 짝사랑하던 남자가 있었다. 그를 포함해서 대여섯 명이 술을 마시게 되었다. 얘기를 하며 술을 마시고 있는데 한 여자가 왔다. 그러자 그가 모두에게 그녀를 소개시켰다. '내 여자'라고.

나는 심장이 멈추는 줄 알았다. 그러나 초연한 척 상냥하게 인사했다. 바보스럽게, 아니 내숭을 떨었다.

질 높은 질투를 할 수 있는 여자는 그럴 때 과연 어떻게 했을까 하는 것을 지금도 가끔씩 생각해 볼 때가 있다.

그러나 나는 질 높고 격조 있는 질투는 할 수 없다. 내겐 어울리지 않는다. 짝사랑 정도의 상대였다면 가능하겠지만 역시 그것은 내숭이었다.

# 이런저런 경우

협박조의 말은 처음 사용하는 것뿐만이 아니라 처음을 위
해서 사용될 때 더 효과적이다.

애인이나 남편이 바람을 피웠을 때, '여태껏 참았지만 더
이상은 안 돼. 오늘은 확실하게 짚고 넘어가야겠어요. 당신
변명은 나중에 들을 테니까 우선 내 얘기 좀 합시다'라고
했을 때 남자들은 어떻게 할까? 또 어떤 생각을 하면서 여
자의 마음 속에 있는 얘기를 들을까.

그 얘기를 듣고 난 뒤 한 남자가 내게 말했다.

"그런 일은 절대 해서는 안 돼. 우선 남자에게 변명을 하
게 하는 게 우선이야."

그래서 내가 물었다.

"그럼 변명을 듣고 나서 여자가 속마음을 얘기하면 괜찮
은 거야?"

"아니. 여자는 속마음을 말해선 안 돼. 남자의 변명만을
들어야지. 그것이 괜찮은 여자야."

"그야말로 지나친 남자의 에고(ego)잖아?"

126

"에고여도 그게 좋아. 남자는 바람피워서 미안하다고 생각하고 있으니까. 그런 걸 속시원히 터놓고 얘기하자니 장난이 아니라구. 나쁘다고 생각하고 있는데 추궁하는 것을 남자는 가장 싫어하니까."

그의 말에도 일리는 있다. 남자의 타입에 따라 어느 쪽의 여자가 좋은가는 다르겠지만 또 하나 재미있는 점이 있다.

"만일 여자 쪽이 바람을 피워서 탄로났을 땐 어떻게 되는 거지? 역시 여자도 아무 말을 하지 않는 편이 좋은가?"

"그건 여자가 확실하게 변명해 주길 바라지. 변명을 하면 남자는 안심을 하니까. 바람피운 적이 없다고 말야."

또 어떤 사람은 이렇게 말했다.

"여자의 변명 따윈 듣고 싶지 않아. 남자는 변명하는 동물, 여자는 하지 않는 동물, 그거야."

결국 자기가 사랑하는 남자의 타입과 상황을 파악해서 대처할 수밖에 없다. 찰싹 달라붙어서 사이가 좋을 때 연인에게, '당신은 어떤 여자가 좋아?' 하고 미리 알아두는 게 편할지 모르겠다. 그래야만 '속시원히 터놓고 얘기하자'고 할 때 충격이 덜할 테니까.

협박조의 말은 처음 사용하는 것뿐만이 아니라 처음을 위해서 사용될 때 더 효과적이다.

# 내 가슴은 꽃이어라

꽃이 지기 때문에 인간은 꽃을 사랑한다. 꽃은 시들고 지는
것에 의해 사람의 마음에 정서나 여유를 주지 않을까라는
생각이 든다.

만일 이 세상에서 꽃이 없어진다면 얼마나 쓸쓸할까 하
는 생각을 해 봤다. 며칠 동안 접시꽃과 금잔화, 철쭉, 장미
를 화분에 옮겨 심으면서 꽃의 아름다움에 마음을 빼앗기
고 말았다. 그래서 아마 새삼스럽게 그런 생각을 했는지 모
르겠다.

만일 이 세상에서 꽃이 없어진다면 어린이들에게 어떻게
해서 봄이 온 것을 가르쳐 주어야 할까. 또 아이들은 봄의
풍경에 무엇을 그릴까. 예전에 아이들은 봄 풍경을 그릴 때
꽃과 나비를 그렸다. 그런데 꽃이 없어져 버리면 하늘의 색
으로 봄을 표현할 수밖에 없을 게 아닌가.

만일 꽃이 없어지면 '옛날에는 꽃이라는 것이 있었단다.
그것은 예쁜 것이었단다. 여러 가지 색, 여러 가지 형태의
꽃이 있어서 계절에 따라 새롭게 피고 지는 것, 번갈아 가
며 피기도 하고 지기도 해서 일년 내내 언제든지 어떤 꽃

이든 피어 있었단다' 하고 나이 든 사람이 어린이에게 얘기해 줄 것이다.

그러나 아이들은 '핀다'라는 실체를 모를 것이다. 그러면 아이들은 '핀다라는 것은 말하자면 나타난다는 것인가요?' 라고 질문을 할지도 모른다.

그렇게 되면 나타나 그리고는 소멸해 가는 것. 핀다는 말뿐만 아니라 진다는 말의 개념도 없어진다. 예를 들어 '벚꽃이 화려하게 피었다가 한 순간에 져버리는 아름다움은 차라리 슬픔이었습니다' 하는 표현을 아예 모를 것이다.

죽음은 소멸에 지나지 않고 어떤 죽음의 방법을 해도 아름답지도 더럽지도 않을 것이다.

꽃은 지기 때문에 아름답다. 만일 꽃이 지지 않는다면 꽃이 나타내는 정감은 모두 잃어버릴 것이다. 꽃은 시들고 지는 것에 의해 사람의 마음에 정서와 여유를 주는 게 아닐까라는 생각이 든다.

꽃이 지기 때문에 인간은 꽃을 사랑했다. 그 꽃이 지는 것이 애석해서 물을 주기도 하고 바람을 통하게 하고 또 그 꽃을 손질하며 애써 왔다. 그리고 그런 따뜻한 마음이 사람의 생활에 여유를 주었다. 만일 꽃이 없어진다면 계절이 아마 꽃 대신 과일과 야채로 표현될지도 모른다. 예전에는 계절마다 야채나 과일의 구별이 뚜렷했었다. 그런데 지금은 다르다. 계절에 상관없이 야채와 과일이 풍성해서 인간의 감각도 뒤바뀔 정도가 되어 버렸다.

동요도 그렇다.

'나의 살던 고향은 꽃피는 산골. 복숭아꽃 살구꽃 아기 진달래.'

꽃이 없어진다면 이를 어떻게 설명할까.

선흘 쪽으로 드라이브하다가 차를 세웠다. 들장미가 줄기차게 이리저리 엉켜서 아름답게 피어 있었다. 그래서 거기에 매료되어 한 가지쯤 꺾어 보려고 이 궁리 저 궁리를 하고 있었다. 야생장미는 가시가 더 날카롭고 많았다.

그런데 들장미가 엉킨 가지 사이에 빼꼼히 이름 모를 보랏빛 들꽃이 피어 있었다.

만일 내가 잘 들여다보지 않았으면 거기에 피어 있는 그것을 누구에게도 들키지 않은 채 지고 말았을 것이다.

이름없이 피어서 바람에 부딪히고 태양의 포근함에 안겨서 잠시 있다가 져버리는 그 정숙함, 꽃의 아름다움은 바로 거기에 있다.

꽃이 없어진다는 것은 인간의 불행이다. 일상생활을 풍부하게 하는 일은 꽃을 사다가 꽂아 놓는 것만이 아니다. 고요한 마음으로 찬찬히 들여다보면 누가 심었는지 모르지만 거기에 피어 있는 것, 그것은 꽃이 주는 환희다.

행여 꽃이 죽어 버리지나 않을까 하고 화분에 옮겨 심는 손놀림을 서두르며 나는 이런저런 생각을 해 봤다.

# 불빛이 있는 항구까지

확실한 목표를 갖고 있지 않는 사람은 언제나 같은 장소를 무의미하게 빙빙 맴돌 뿐이다. 목표 달성 없이 인생의 즐거움이 있을 리 없다.

인생이라는 드라마에서 시나리오를 만드는 기본은 자기 목표이다. 어떤 일을 하든 골이 확실하게 있고 달성에 대한 바람이 강할수록 성공의 비결은 높다.

며칠 전 어느 자리에서 평소에 내가 존경하는 선생님이, '당신의 인생 시나리오는 무엇입니까? 그걸 좀 들려주세요'라고 하셔서 나는 당황했다. 물론 대답을 못했다.

그러고 보니 지금까지 나는 나의 인생의 시나리오를 한 번도 만들어 본 일이 없다. 시나리오가 없는 드라마가 잘 될 리 만무하다. 오십을 눈앞에 둔 이 나이가 되도록 나는 무엇을 하였는가 하는 생각에 그 밤은 잠을 설쳤다.

나는 태어나서 자라오는 동안에 가정에서나 사회에서 아무튼 좋은(?) 학교에 진학해서 좋은 곳에 취직하는 것만을 가르치고 배웠다. 그래서 그 이후의 인생은 나에게는 백지였다. 물론 좋은 학교, 좋은 직장과도 인연이 멀었지만.

가끔 개성적인 삶을 살라는 가르침을 받기는 받았다. 그러나 생각해 보면 그것은 어디까지나 사적 생활의 면일 뿐이다. 공적인 일면에서도 창조력을 발휘하고 끈기있게 목표를 향해 나아가야 한다는 가르침을 받은 기억이 내게는 별로 없다.

도중에 다소 좌절하든 먼길로 돌아가든 참고 견디며 어둠 속에서 등불을 찾아가는 자세, 이리저리 헤매면서도 그 불빛을 찾아 걷기를 멈추지 않는 끈기력, 어떻게 걸어갈까 하는 시나리오의 기본은 바로 목표라는 것을 조금만 더 일찍 알았다면 하는 아쉬움이 있다.

'귀착할 항구가 없는 배에 바람은 결코 돛을 밀지 않는다'는 몽테뉴의 글귀가 생각난다.

자신이 명확하고 신중하게 그리고 무리없는 목표를 정하지 않는 한 헛되이 흘러갈 뿐 바람이 돛을 밀어주지 않는다는 애기로 해석된다.

확실한 목표를 갖고 있지 않는 사람은 언제나 같은 장소를 무의미하게 빙빙 맴돌 뿐이다.

목표 달성 없이 인생의 즐거움이 있을 리 없다. 그러나 분명한 것은 작은 목표를 하나씩 달성해 나가면 큰 목표도 달성할 수 있다는 사실이다.

# 불평과 자존심

정말 인격적인 삶을 살고 싶다면 사회의 유행을 거역
할 수 있는 용기를 갖지 않으면 안 된다.

사는 게 재미없다는 젊은이가 있다. 그야말로 꿈도 희망
도 없다고 한다.

그렇다면 왜 그런 사회 속에서 아무 소리 못하고 가만히
있느냐고 하면 웃으면서 '어쩔 수 없잖아요. 생활이 걸려
있으니까요'라고 대답한다.

젊은 사람의 말에 반발을 느끼는 것은 노인이 되었다는
증거라고 생각하지만, 나는 그런 젊은이들을 보면 화가 치
민다.

그들은 자신들의 장래는 톱니바퀴 같은 일, 기성품의 생
활이 있을 뿐이라고 한탄한다.

틀림없이 요즘은 인간의 개성적인 삶을 살려고 하면 지
나치게 바쁘고 또한 험하다는 건 인정한다. 그러나 그런 정
세가 되어 버린 데 대해서는 젊은이들도 책임이 있다.

그들은 자신들의 개성을 사회가 압박한다고 불평하면서

자신의 개성을 소중히 하려고는 하지 않는다.

자기가 무엇을 직업으로 삼고 선택해야겠는가 생각해 보지도 않고 아무튼 대학 진학을 꿈꾼다.

전공은 무엇이든 상관없다. 문제는 취직하기 쉬운 장소, 그리고 취직도 어디든 좋다. 아무튼 쉰 살까지 도산하지 않고 월급을 주는 곳이라면 족하다. 옷도 마누라도 읽을 책도 좋아하는 TV프로도 무엇이든 자신의 취향보다는 세간의 유행과 대다수의 취향에 맞추고 있다.

이런 인간을 톱니바퀴 취급한대서 무엇이 나쁜가. 그들은 스스로가 기성품의 인간이 되려고 열심히 노력하고 있지 않은가. 그들에게 과연 지금의 사회는 개성을 죽인다는 불평을 말할 자격이 있을까.

정말 인간적인 삶을 살고 싶다면 사회의 유행을 거역할 수 있는 용기를 갖지 않으면 안된다.

어느 시대 어느 사회도 그랬다.

인류의 역사에는 인간의 자존심을 죽음으로 지켰던 위대한 사람들의 얘기가 얼마든지 있는 법이다.

# 나쁜 버릇 ①

욕구 불만에 빠지는 것은 어떤 의미에서 욕구 불만에 빠지는 버릇이 있기 때문이다. 행복해지는 일을 미루는 것도 하나의 버릇이다.

슬프게도 대부분의 사람들은 행복해지는 일을 연장한다. 그것도 무한히. 언젠가는 꼭, 언젠가는 행복하게 되겠지 하고 자신에게 말한다.

예를 들자면 이런 식이다. 할부금을 다 갚고 나면, 아이들이 학교만 졸업하면, 취직만 되면, 승진이 되면, 결혼하면, 아이가 태어나면 분명 행복해질 것이라고. 더 좋은 인생을 살 수 있을 것이라고.

그리고는 아이들이 빨리 크지 않는 것이 욕구 불만이 되고 어서 빨리 커 줬으면 하고 우왕좌왕한다. 그러다 드디어 아이가 10대의 사춘기가 되면 또 야단이다. 빨리 이 사춘기만 지나면 행복해질 텐데. 아파트만 사면, 자동차만 바꾸면, 휴가여행을 갈 수 있다면 분명 행복할 텐데 하고 생각하는 항목이 점점 불어난다.

그러나 인생은 자꾸 흘러간다. 행복하게 되는 것은 지금 바로 이 순간을 놓치면 없다.

'지금이 아니라면 언제'라는 얘기인가. 우리의 인생은 언제나 도전이다. 지금 행복해지려고 결심하는 게 우선이다.

알프레드 디소우저의 말이 생각난다.

'나는 오랜 세월 진짜 인생은 지금부터 시작한다고 생각하며 지내왔다. 그러나 언제나 무엇엔가 방해를 받아 왔다. 먼저 하지 않으면 안되는 일, 막 시작한 일, 할부금 반환, 그것이 끝나면 인생이 시작되겠지 하고. 나는 언제나 잘못 생각했었다. 그런 방해물이야말로 나의 인생이었다.'

행복해지는 길은 없다는 것을 나는 그의 말을 통해서 배웠다. 그렇다. 행복만이 길이기 때문이다.

무엇인가가 순조롭게 되지 않으면 우왕좌왕하고 누군가에게 비판을 받으면 화를 낸다. 자기 방어가 나온다. 자신의 옳음을 주장한다. 불운에 시달리면 머리 속에서 눈사람을 만든다. 인생을 비상사태라고 받아들인다. 그런 습관이 몸에 배면 유감스럽게도 인생은 그 반복이 되고 만다.

욕구 불만에 빠지는 것은 어떤 의미에서 욕구 불만에 빠지는 버릇이 있기 때문이다.

행복해지는 일을 미루는 것도 하나의 버릇이다. 어떻게 생각하면 인생을 살아가는 데 있어 가장 나쁜 버릇인지도 모른다.

# 나쁜 버릇 ②

비판은 문제를 해결할 수 없다. 오히려 분노와 불신을 키운
다. 결국 비판은 나쁜 버릇일 뿐이다.

세상에는 007 같은 사람이 있다. 다시 말해서 온갖 사건
에 대해서 그 뒷얘기라 할까 진상이라는 것을 알고 있는
사람 말이다.

"그 회사의 사장이 그만둔 이유는 회장의 건강이 나빠져
서, 그것도 술을 지나치게 많이 마셔서 간이 좋지 않은 데
다가 튀김 종류를 지나치게 좋아해서……."

"배우 황신혜가 임신 5개월인데 주로 수박만 먹고 산대
잖아……."

그런 식으로 인간의 약점과 학력, 출신지, 기호 등 뭐든
지 알고 있고 설명하는 경우다.

나처럼 아무 것도 모르는 사람은 그저 그냥 감동해서 '진
짜? 정말? 어머?'의 연속이다.

나로서는 A사의 사장이 바뀐 것은 신문에 적혀 있는 대
로 전 사장이 나이가 들어서 은퇴한 것이라고 생각하고 싶

지만 소식통이라고 불리우는 사람은 그 정도 가지고는 납득이 가지 않는다.

"그런 걸 믿고 있니? 넌 참 바보다. 이 세상은 그런 것이 아니야."
라고 핀잔을 준다.

우리나라에서는 밝은 쪽보다 어두운 쪽이 유행한다. 사건의 설명만 하더라도 그 이상 추한 형태는 있을 수 없다는 의견이 진상으로서 통용된다.

그래서 소식통의 얘기를 듣고 있으면 '이제 됐어. 알았다니까' 하고 짜증을 내고 싶어진다.

그렇지 않고 인생이 그처럼 더러운 것이라면 그것도 어쩔 수 없다. 그러나 소식통은 그의 주변의 사건도 그렇게밖에 해석하지 못한다.

"그 자식은 정말 돈에 대해서는 더러운 놈이니까. 그래서 이번 일로 다시 짚고 일어서 보려고……."

그를 둘러싸고 있는 사람들은 더럽고 악한 인간뿐이라는 것을 그는 차례로 증명한다. 결국 바른 일을 하고 있는 것은 그 한 사람이라는 얘기다.

세상에는 타인의 일은 얼마든지 나쁘게 생각할 수 있으면서 자신을 똑같은 정도로 엄격하게 책할 수 있는 사람은 의외로 적다.

비판은 문제를 해결할 수 없다. 아니, 그럴 뿐만 아니라

외려 분노와 불신을 키운다.

비판받는 것을 좋아하는 사람은 아무도 없다. 결국 비판은 나쁜 버릇일 뿐이다.

# 아직도 하찮게 구십니까

다른 여자들에게 잘 보이려고 자기 아내를 나쁘게 말하는
남자는 정말 촌스럽다.

요즘엔 전과 달리 자기 아내를 무시하는 남자들이 많지
않다. 시대가 바뀌고 남자들도 상황 판단을 서둘러 한 결
과, 언제까지나 우리 집 여편네가 어쩌구 하면서 있을 수
있는 분위기가 아님을 파악했기 때문인지 모른다.(물론 이
것은 나의 편견과 독단이지만.)

그러나 아직도 간혹 분위기 파악을 못하는 아저씨들이
있기는 하다. '우리 집 여편네는 무식해서, 답답해서 데리고
사는 내가 미치지…' 이런 식으로.

술집 여자들이나 다른 여자들에게 잘 보이려고 자기 아
내를 나쁘게 말하는 것은 정말 촌스럽다. 그 촌스러운 행위
를 하는 사람이 의외로 많다는 사실이 슬프다면 슬프다.

왜 소중한 것을 소중하다고 말하지 못하는가? 그렇게도
용기가 없는가?

한국 사람은 음식을 대접할 때도 '맛이 없지만 많이 드세

140

요'라면서 대접한다. 왜 맛이 없는 걸 일부러 대접하고 선물하는지 모르겠다. 또 그렇게 말하는지.

외국 사람이 한국 사람을 이상하게 생각할 때 흔히 쓰이는 에피소드다. 물건이니까 그럴 수도 있다고 생각한다.

그러나 사람에 대해 그런 말을 하는 사람을 보면 왠지 싫다. 줄곧 같이 지내온 사람에 대해 별볼일 없는, 하찮은 이라는 형용사를 붙여 불리는 본인은 얼마나 견디기 어려울 것인가.

나는 궁금할 때가 있다. '하찮은 사람'을 배우자로 삼고 어째서 이 남자들은 결혼했을까 하는 소박한 질문을 품게 된다.

아무렇지도 않게 자기 아내를 '저 사람은 여자가 아냐'라고 말하는 사람도 있다. 그런 사람들에게 나는 '당신이야말로 남자가 아닌 게 아니냐'는 질문을 해 보고 싶다.

괜찮은 남자는 일부러 아내의 애기 따위는 꺼내지도 않는다. 물어보면 '괜찮은 여자야'라고 슬쩍 대답하는 사람, 아내를 소중하게 여기는 사람은 전체적으로 따뜻한 분위기가 나타난다. 금세 알 수 있다. 그런 남자들에게 여자들은 마음이 간다.

하찮은 사람의 배우자는 되지 않았으면 한다. 하찮은 남자는 결국 하찮은 여자와 짝을 짓게 마련이다.

# 나는야 아주머니

중년이라고 불리는 나이가 되면 아무리 멋있는 여자라도
아주머니지 언니가 아니다.

아주머니와 성숙한 여자는 어디가 어떻게 다른가 하고
생각해 보는 요즘이다. 여자에게 있어서 성숙한 여자라고
불리우는가 아주머니라고 불리우는가는 천국과 지옥의 차
이라고 느껴지기 때문이다.

열심히 생각한 끝에 한 가지 확실한 것을 알았다. 예를
들어 미용실에서나 레스토랑에서나 찻집에서 젊고 핸섬한
남자를 보면 눈을 번쩍이며 힐끔힐끔 쳐다보는 것은 아주
머니라는 얘기다.

얼마 전 미용실에서 파마를 하고 있을 때였다. '꺄르르
꺄르르' 하고 웃어대는 웃음 소리에 깜짝 놀랐다. 나는 보
던 잡지를 덮고 무슨 일이 있는가 하고 거울 너머로 실내
를 둘러보았다. 그런데 실내에는 꺄르르 하고 웃어대는 손
님은 없었다. 놀랍게도 그 웃음 소리는 샴푸실에서 들리는
소리였다.

잠시 후 샴푸실에서 목소리의 주인공이 나왔다. 그녀를 보니까 나와 같은 사십대 후반의 중년이었다.

그녀는 머리를 자르기 위해 거울 앞 의자에 앉았다. 젊고 핸섬한 남자 미용사가 타월로 그녀의 머리를 말리고 머리를 만지는 동안 무엇이 그렇게 재미있는지 콧소리로 응수하며 호들갑을 떨고 있었다.

머리에 타월을 쓴 채 눈썹도 아이섀도도 반은 지워진 얼굴로 당당하게 떠들어대는 배짱은 살 만하다.

그러나 나는 동년대의 여자로서 얼굴을 들 수 없을 만큼 부끄러웠다. 그리고 드디어 나의 머리를 말고 있는 미용사에게 묻고 말았다.

"이런 일 하고 있으면 여자들이 환멸스럽지요?"

그는 힐끔 거울 너머로 그 여자를 쳐다보고는 잠시 망설이다 슬쩍 지나치듯 말했다.

"익숙해져서 괜찮습니다. 그래도 저 사모님 좋으신 분이에요…."

대답하기 어려운 질문을 보통으로 하는 델리커시가 없는 것도 아주머니 특유의 것이다. 나는 자신의 아주머니 지수(指數)를 본 것 같은 기분이 들어 왈칵 부끄러웠다. 그래서 서둘러서 잡지를 읽는 척하고 말았다.

새해 첫날부터 생각한 것이 있다. 어떻게 하면 아주머니 냄새가 풍기지 않는 아주머니가 될까. 이것이 올해의 나의 테마이다. 그렇게 생각하는 내가 이미 아주머니라는 증거다. 그러나 아주머니라는 것과 아주머니 냄새가 풍긴다는 것은 엄연히 다르다.

중년이라고 불리는 나이가 되면 아무리 멋있는 여자라도 아주머니지 언니가 아니다. 그것은 어쩔 수 없다.

그런데 아주머니 냄새가 난다면 얘기는 다르다. 나이가 많아도 아주머니 냄새가 안 나는 여자도 틀림없이 있다. 나는 솔직히 아주머니 냄새 풍기는 것도 안심감이 있어서 나쁘지는 않다고 생각한다.

그런데 중고년(中高年)이라고 대략 불리우지만 중년과 고년은 분명히 다르다. 여자들의 풍기는 분위기가 벌써 다르다. 나이가 드신 고년의 사람들은 어딘가 귀엽다. 마이크를 들이대고 조용필의 매력을 물으면 부끄러워하면서 차분히 얘기한다. 조용필의 모든 것이 좋다고.

그런데 나의 연대는 문제가 있다. 중년이라고 불리우는 여자들은 틀지 않는다. 부끄럼을 타지도 않고 입가를 가리지도 않는다. 마이크 앞에 대여섯 명이 나와서 소리지르듯이 '좋아요. 전부. 호호', '노래 잘하니까요'라고 한다.

고년(高年)의 사람들보다 젊은 만큼 멋을 내고 예쁜 것만은 사실이지만 아무리 생각해도 귀염성이 없다.

나 역시 빨간 립스틱에 진한 아이섀도, 아이라인에 허리가 무겁다. 호호거리던 중년 여성은 그 누구도 아닌 바로

144

나 자신의 모습이었다.

얻어낸 결론은 아주머니를 형성하는 네 가지의 요소가 나왔다.

첫째는 이중턱이고, 둘째, 커다란 엉덩이에 허리는 33인치, 셋째, 체크 또는 꽃무늬의 옷이다.

주의 깊게 보면 알 수 있다. 아주머니 냄새가 나는 사람은 의외로 꽃무늬를 좋아한다. 앞가슴에 리본으로 묶는 블라우스와 꽃무늬의 쟈켓은 기본이다.

그리고 넷째가 짙은 화운데이션이다.(짙은 화운데이션은 요즘 젊은 여성들도 마찬가지지만.)

나는 나 자신을 엄격하게 돌아보고 목표를 정했다. 올해는 아주머니 냄새가 풍기지 않는 아주머니가 되기로. 엘레강스한 분위기로 있고 싶다는 염원을 갖기로 했다.

그러고 보니 실물로 본 조용필이 전혀 아저씨 냄새가 풍기지 않는 것은 웬일일까? 그도 쉰이 넘었을 텐데.

무엇을 숨기랴. 나는 30여 년 동안 조용필의 팬이다. 그의 노래 CD는 물론 모조리 다 샀다. 그가 어디서 아무 날 공연한다는 소문을 들으면 죽기 아니면 살기로 만사를 제쳐놓고 돈과 시간과 거리가 허용하는 한 구경 가는 이른바 극성 팬이다.

말하자면 나야말로 중년 아주머니의 현역에 서 있다는 얘기다.

# 내가 사는 세계

사람과의 연관이란 크든 작든 그 사람의 인생을 만들고 있다. 그렇지 않다면 이 세상의 모든 예술은 그냥 쓰레기일 뿐이다.

작가라는 직업은 사람의 마음 반쪽을 읽어내는 직업이다. 겉치레와 칭찬의 말 정도는 구별이 간다. 겉치레의 말로 일관하는 쪽에 대해서는 이쪽에서 먼저 거리를 두게 된다.

누구에게든 좋은 사람으로 있을 수 있는 일이란 어렵다. 그렇다고 누구에게도 사랑을 받지 않는 것도 슬프다. 사랑받지 않아도 나의 길을 간다는 식의 강함은 반드시 무리하는 구석이 있다.

사람과의 연관이란 크든 작든 그 사람의 인생을 만들고 있다. 그렇지 않다면 이 세상의 모든 예술은 그냥 쓰레기일 뿐이다.

인간이 없는 예술은 존재하지 않는다. 사람은 향수(鄕愁)가 없는 곳에서는 결코 쉴 수 없는 동물이다. 향수란 타인과의 관계에서 생기는 것이다. 향수를 가슴속에 갖고 있지 않는 사람은 꽃을 봐도 아름답다고 생각하지 않으니까.

146

문단이라는 곳은 글자 그대로 문학자, 문필가의 사회를 얘기한다.

한국뿐만이 아니라 세계 어디든 그 나라의 문단이 있다. 듣는 바에 의하면 미국의 문단은 더 과격하고 통속적이라고 한다.

비평이나 어느 작가가 누구를 싫어하고 누구가 뒤처지고 하는 식의 말이 많다고 한다.

작가에게 있어서는 독자도 물론 중요하지만, 다른 작가나 비평가, 편집자도 그에 못지 않게 소중하다. 왜냐하면 연관을 갖기 때문이다.

호의와 악의가 가까운 곳에서 이루어지고 있다. 정신적인 일에 소소한 인간관계는 과대한 영향을 미치니까.

그래서 나는 문단은 별볼일 없다고 하는 사람을 싫어한다. 일일이 그런 소리를 하는 자체가 무리하고 있다는 증거라고밖에 생각이 안 들기 때문이다.

그런 사람은 역설적으로 자신의 가치를 평가받고 싶어하는 사람처럼 보인다.

어떻게 보면 욕심이 없는 것처럼 보이지만 내심은 그렇지 않다. 싫다면 말을 하지 않으면 될 것을. 저쪽에서도 마찬가지다. 당신 같은 사람 싫다고 얘기하고 싶어진다.

작가라는 직업은 내면을 이것저것 뒤져서 쓰고 돈을 벌기 때문에 어떻게 보면 품위가 없는 인종이다. 저속한 직업이다.

그런데 문단이 시시하다고 가치가 없다고 하며 자기만 고상함을 어필하는 것은 어떨지 모르겠다.

문단은 자기 신고가 없는 세계다. 미움을 당해도 인정을 받아도 별반 상관이 없다.

자기 자신의 가치가 아니라 누구와 알고 있기 때문에 상대적으로 자신의 가치를 올리는 사람을 보면 오한이 생긴다. 그런가 하면 그런 사람을 관찰하는 것이 흥미롭고 재미있다. 좋아한다.

타인의 인생에 아무 것도 없다고 잘라서 얘기할 수 있는 건 도대체 무슨 배짱인지.

어느 세계여도 마찬가지다. 작품을 쓰는 본인의 문제이다.

# 마이 웨이(My Way)

나는 내 글에 대한 양극단의 평가 가운데서 무서운 고독감
에 견디면서, 그래도 오늘도 나임을 계속해 나가는 의외의
어떤 길은 없다고 생각한다.

사강의 소설과 만난 것은 열일곱이었을 때였다.

프랑스 파리에 혜성같이 나타난 천재 여류작가. 그 젊음, 자유분방함, 재능, 그녀가 그리고 있는 세계의 표현할 수 없는 신선함, 순식간에 나는 그녀에게 매료당하고 말았다.

무엇보다도 충격적이었던 것은 열아홉의 젊은 여성이 가진 골 깊은 권태, 그 격차에 나는 한숨만 나왔다.

《슬픔이여 안녕》을 반복해서 읽었다. 읽으면 읽을수록 작가의 재능에 혀가 내둘러졌다. 더구나 그 문체의 가붓함, 산뜻함, 게다가 또 문장의 구석구석에서 오히려 이쪽을 들여다보고 있는 작가의 냉철한 시선.

만일 예를 들어 소설이라도 써 보고 싶다는 생각이 당시에 조금이라도 있었다면 그 생각을 아예 뿌리부터 뽑아 버린 것이 사강이었다.

나는 쓰지도 않았는데 자신의 문장을 상상하는 일만으로

강한 여자가 아름다운 이유 149

도 너무 부끄러웠다. 자신이 나무인형처럼 느껴지고 이내
절망해 버렸다.

문장을 쓰기 전에 무엇을 쓸 것인가 하는 것이 문제였다.
열일곱의 나에게는 쓸 수 있는 어떤 세계도 체험도 그 필
연성도 없었다.

내가 마흔둘의 봄까지 원고 용지를 펴지 않았던 두 번째
의 이유는 프랑소와즈 사강 때문이었다. 그녀는 글을 쓰고
싶다는 나의 꿈을 완전히 없애 버리고 말았다.

내가 할 수 있는 일은 사강의 문체를 흉내내서 일기를
쓰는 일뿐이었다. 10대 끝무렵의 일기를 다시 읽어 보면 슬
플 정도로 사강조(調)를 띠고 이상한 권태감에 차 있었다.
훨씬 뒤에 나의 초기의 작품 문장이 사강과 닮았다는 소리
를 듣는 것은 그 영향이 남아 있었기 때문이라는 생각이
든다.

사강은 나를 압핀처럼 납짝하게 눌러 버렸다. 그것으로
좋았다고 굳게 믿고 있다. 그때 그녀가 나타나지 않았다면
어쩌면 나는 별볼일 없는 문체의 나열을 부끄럽게 느끼지
못했을지 모른다.

얘기가 빗나가지만 며칠 전 사강의 최신작을 읽고 실망
했다. 아주 잘 씌어진 작품이었지만 왕년의 그녀의 반짝임
과 날카로움, 냉철함, 엄격함 같은 것이 엷어지고 신랄함,
빈정거림, 독 같은 것이 눈에 띄었다. 사강도 나이가 들었

150

다는 생각을 하니까 마음이 아팠다.

물론 생각해 보면 사강조의 문체를 만든 것은 사강이 아니라 번역가였지만. 아름답고 경묘한 투를 만든 것은 번역가의 문체였다. 번역가가 바뀌면 다를지도 모른다. 그것은 내가 프랑스어를 모르기 때문에 확인할 수 없지만 아무튼 예전과는 전혀 다른 작품이었다.

언제까지 여자와 남자의 얘기만 쓰지 말고 다른 소재를 찾아서 쓰라고 내게 얘기하는 사람들도 있다.

여자와 남자, 다시 말해서 인간관계에 흥미가 없는 것 같은 사람과는 어떤 접점도 가질 수 없다. 그래서 그 사람들의 마음에 드려고 할 필요도 없고 나는 그런 충고도 무시하려고 한다. 그런데 놀랄 만큼 많은 사람들이 그런 얘기를 한다.

아직 글을 쓰기 시작해서 6년이니까 겨우 자신의 걸어온 지도가 보이기 시작한 단계여서 흑에서 백으로 전환하는 것처럼 다른 것을 쓸 수는 없다.

우선 다른 것이란 무엇인가. 헤밍웨이처럼 전쟁과 낚시, 헌팅, 투우에 대해 쓸 수 있다면 좋으련만. 또는 윌리엄 골드윙그처럼 해양 모험소설이라든가, 아니면 피천득 선생님 같은 글을.

그러나 누구 누구 같은 글을 쓴들 소용이 없다. 나는 누구처럼 되고 싶지 않기 때문이다. 나는 나이고 싶다.

한국 여자가 순종이랑 부드러움이랑 헌신만이 있는 것은 아니다. 존경도 엄격함도 갈등도 절망도 또 기쁨도 의식도 있다는 것을 알았으면 한다.

글이라는 건 당연한 일이지만 읽어 주는 독자가 있고(그것도 가능하면 많은 사람들이 읽어 줘서) 비로소 존재의 의미가 있는 것이다.

그런데 그 읽는 사람이라는 존재가 실은 불가해한 구름을 잡는 것 같은 존재이다. 어떤 사람은 나의 글을 좋다고 하지만 어떤 사람은 별볼일 없다고 한다. 그것은 어쩔 수 없다.

나는 그 양극단의 평가 가운데서 무서운 고독감에 견디면서, 그래도 오늘도 나임을 계속해 나가는 의외의 어떤 길은 없다고 생각한다.

# 사랑을 위하여

미국 여성 월리 심프슨을 사랑한 영국의 황태자 윈저공은
'나의 사랑하는 여성의 도움과 뒷받침 없이는 국왕으로서의
중책과 의무를 수행하는 일이 불가능하다' 라며 국왕의 자
리까지 버렸다.

세계사를 바꾼 클레오파트라는 절세의 미인이었다. 그러
나 영국의 황태자 윈저공(公)이 국왕의 자리를 버리면서까
지 사랑한 여자는 미인도 아니고 젊지도 않았다. 게다가 한
번 이혼하고 두 번째 결혼한 미국 여성 월리 심프슨이었다.

두 사람은 1930년 겨울 어느 주말 파티에서 운명적으로
만났다. 핸섬하고 독신인 황태자는 유럽의 왕녀들은 물론
뭇 여성들의 선망의 대상이었다. 그런 황태자 윈저공의 마
음을 빼앗은 심프슨 부인은 솔직하고 자연스러운 태도, 따
뜻한 분위기 그리고 유머센스를 지닌 그런 여성이었다.

첫 대면의 짧은 대화 속에서 황태자는 지금까지 자기가
만난 여성들에게서는 볼 수 없었던 그 무엇을 그녀에게서
발견했다.

그녀는 잘 웃었다. 그것도 유쾌하게 웃었다. 그리고 주위
의 사람들까지도 웃게 만드는 재능이 있었다.

두 사람을 맺어 준 것은 그 웃음 덕분이었다. 어떤 장소에서도 많은 웃음을 공유했다. 그러면서 그들은 점점 헤어질 수 없는 사이가 되어갔다.

황태자는 그녀와 함께 있으면 마음이 평온하고 포근했다. 그렇지만 그는 평범한 남자가 아니었다. 국왕이 될 사람이었다. 그녀도 자유의 몸이 아니었다. 다른 남자에게 소속된 여성이었다.

1936년 부왕 조지 5세의 죽음에 의해 황태자는 에드워드 8세가 되었다. 그래서 국민의 신망에 벗어나서도 안 되고 그녀를 지금처럼 애인의 입장에 놔둘 수도 없게 되었다.

또한 그녀 역시 영국 국민이 이혼한 여자를 왕비로 맞이하지 않는다는 것쯤은 알고 있었다. 그러나 무엇보다도 그녀는 형식에 얽매이거나 책임을 지는 것을 싫어했다.

"당신이 왕위를 버린다면 영국 국민이, 아니 전세계의 사람들이 나를 증오할 것입니다. 그리고 영국 국민은 국왕에게 버림받았다는 생각이 들 테고요."

"그러나 나는 당신 없이는 국왕으로서의 임무를 하루도 해낼 수가 없소."

"지금처럼 저를 만나러 와 주시면 되지 않습니까? 지금처럼."

"나는 그 누구와도 당신을 공유하고 싶지 않소."

결국 그녀의 이혼이 밝혀짐으로써 전세계가 흥분했다. 두

154

사람은 결혼 준비를 시작했다.

영국 국민은 아연해 했다. 영국 법률은 국왕과 이혼력이 있는 여성과의 혼인을 인정하지 않는다. 왕실은 굳게 마음과 입을 다물고 있었다.

국왕이 심프슨 부인을 포기하지 않는다면 내각은 사퇴하겠다고 그에게 압력을 가했다.

이에 국왕은 자신의 사랑을 위해서 나라의 정치를 분열시킬 수는 없었다. 심프슨 부인을 포기하든가, 아니면 국왕의 자리를 버리든가 하는 선택만이 남아 있었다.

국왕은 '만일 나라가 우리를 인정하지 않는다면 나는 언젠가 퇴위하겠노라'고 말했다. 국왕은 무엇인가를 결의하면 결코 번복하는 일이 없었다.

그 당시의 수상 볼드윈이 눈물을 흘리면서 최후로 호소했다.

"저의 부탁입니다. 그리고 내각의 부탁입니다. 우리들의 국왕으로 있어 주십시오."

그러자 국왕이 대답했다.

"국왕으로 있을지 없을지에 상관없이 나는 그녀와 결혼할 작정이오."

그리고 1939년 12월 10일 에드워드 8세는 퇴위 선언서에 서명했다.

"나 자신과 나의 자손이 왕위를 버리는 불변의 결정을

여기에 합니다…."

퇴위는 정식으로 성립됐다. 그가 국왕이 된 지로부터 삼백이십오일과 열세 시간 오십칠분이었다.

사람들은 실망하고 냉정하게 침묵했다. 국왕이 국민을 버리고 미국 여성을 선택했다는 것에 대해.

동시에 심프슨 부인은 세계를 적으로 만들어 버린 여자가 되었다.

그는 즉각 영국을 떠나야 하고 적어도 2년간 영국에 돌아와서는 안 된다는 선고를 받았다.

전 국왕은 국민에게 라디오로 작별인사를 고했다.

"수시간 전 나는 국왕 및 황제로서의 최후의 임무를 마쳤습니다. 여러분은 내가 왕위를 떠나지 않으면 안되는 이유를 이미 알고 있습니다. 그러나 나는 내 마음을 정하는 데 있어서 오랜 세월 봉사하려고 노력했던 국가에 대한 것을 결코 잊어버린 적이 없습니다. 그러나 나는 나의 사랑하는 여성의 도움과 뒷받침 없이는 국왕으로서의 중책과 의무를 수행하는 일이 불가능합니다."

누가 이렇게 잔인하고 무거운 인생을 바라겠는가. 그냥 한 여자를 사랑했을 뿐인데.

그래서 그는 자신의 전세계를 버렸다. 그녀를 위해서. 아무튼 사랑에 관한 한 그는 승리자였다.

1972년 파리에서 윈저공이 숨을 거두는 그 시각까지 두 사람은 언제나 함께였다. 이틀 이상을 떨어져 본 적이 없었다. 결혼해서 35년 동안을.

윈저공의 질녀 엘리자베스 여왕이 필립 전하와 결혼할 때도 아내와 함께가 아니라면 출석하지 않겠노라고 한 그의 사랑.

# 나는 몰라요

결국 인생의 승리자는 건강하게 오래 살았다는 쪽보다 소신껏 살았다는 쪽에 있다. 소신껏 살다 보니 여기까지 왔노라는 그 나이가 백 살이면 과연 충분할까?

사람은 누구든 언젠가는 죽는다. 나이 들어서 죽고 병들어 죽는다. 사망률 백프로. 그것만은 모두에게 공평하다.

어떤 건강법을 실천했다고 해도 올 것은 온다. 건강법을 실천했다고 해서 장명(長命)하는 건 아니다. 명이 긴 사람은 자연에 거역하지 않고 사는 사람이라고 생각한다.

건강법 덕분에 암을 예방했다든가, 암의 고통이 전혀 없는 건 그 건강법 덕택이라고 한다면 모르겠다.

그러나 무엇을 해도 암에 걸리는 사람은 걸린다. 죽을 때가 되면 어쩔 수 없이 사람은 죽게 마련이다.

요즘 세상에 그런 식으로 생각하는 나에게 상식이 없는 사람이라고 할지도 모르겠다.

건강법은 언제까지나 건강하게 살아가기 위한 지혜다.

아이들이 어렸을 때는 아이들을 위해서 오래 살아야겠다고 생각했다. 그리고 아이를 키우는 동안은 자신의 즐거움을 나중으로 미뤘다. 그래서 지금부터는 자신의 인생을 즐겨야 하니까 건강하게 오래 살아야 할 것이 아니냐는 친구가 있다.

그 친구에게는 그래도 미뤘던 즐거움이 있으니까 좋다. 하지만 나에게는 한심스럽게도 노후의 즐거움이 없다. 아무리 찾아봐도.

맛있는 음식에 대한 욕심도 예전 같지 않고 놀러 다니는 일도 피곤할 뿐이다. 그런 내게 무슨 건강법이 필요하겠는가. 자신을 자연에게 맡기는 것, 자연을 신으로 놓고 생각해도 좋다. 그렇다면 이런 집착을 버리고 망설임 없이 자연의 의지에 따르기 위해서는 건강법은 방해일 뿐이다.

동물에게는 자연치료력이라는 게 있다. 야생동물은 모두 자신의 힘으로 병과 상처를 치료한다.

인간도 야만인이었을 때는 자연치료력이 왕성했을 것이다. 틀림없이 과학의 진보로 인간(뿐만 아니라 개나 고양이도)의 자연치료력이 마멸되어 의약에 의존하지 않으면 안 되게 되었다. 의약에 의존하면 자연치료력을 잃어버리게 되기 때문이다.

나이가 들면 야만인으로 있을 수 있는 용기는 없다. 젊을 때는 에너지가 있어서 괜찮았지만 지금은 턱도 없다. 그런 턱없는 짓은 생명을 단축시킨다고 한다.

맞는 얘기다. 나도 그렇게 생각한다. 그래서 다음에 아프면 꼭 병원엘 가야지, 의약에 기대야지 하고 다짐한다.

일주일 내내 위통으로 시달렸다. 또 비염 때문에 원고를 쓰면서도 괴롭다. 책상 주변에는 코를 푼 휴지가 산처럼 쌓였다.

다음에 아프면 의사에게 가야지 하고 생각했음에도 불구하고 그까짓 위통 정도니까, 비염 정도니까 하고 가볍게 생각해 버린다.

'비염 때문에 죽지는 않겠지. 합병증이 생길 우려는 없겠지. 시간이 지나면 자연히 낫겠지. 그렇다면 그때까지 참자.'

나는 그런 식이다. 코 옆이 빨갛게 닳고 머리가 지끈거리고 위가 쓰라리고 눈이 충혈되어도 병원에 안 가는 나를 보고 고집불통이라고 나무란다. 한심한 여자라고. 주사 한대 맞으면 될 것을 사서 고생한다고. 주위에 있는 사람이 더 야단이다.

참을성이 있고 극기에 강한 여자라고는 왜 평가를 안해 주는지 모르겠다.

나는 병원 가는 걸 싫어한다. 마흔아홉이 된 지금까지 입원했던 적은 출산했을 때뿐이다. 그런 얘기를 하면 나한테 굉장히 건강한 여자라고 한다.

그러나 생각해 보면 건강한 것이 아니라 단순히 병원이 싫기 때문에 가지 않을 뿐이다.

건강법으로 특별히 무엇을 하고 있느냐고 묻는 사람도 있다. 그래서 아무 것도 하지 않는다고 하면, 아무 것도 하지 않는데 그렇게 건강할 리가 있느냐고 한다. 괜찮으니까 아무 얘기라도 해달라고 독촉이다.

나는 내가 건강한지 어떤지 모르니까 건강에 대해서는 할 말이 없다. 나는 내 혈압이 얼마인지도 모른다.

건강법보다는 자신이 바라는 대로 살면 되지 않을까? 어설픈 건강법은 지키지 못했을 때 스트레스가 되어 오히려 생명을 단축시킬지도 모른다는 생각을 해 본다.

결국 인생의 승리자는 건강하게 오래 살았다는 쪽보다 소신껏 살았다는 쪽에 있다. 소신껏 살다 보니 여기까지 왔노라는 그 나이가 백 살이라면 과연 충분할까?

# 거짓과 진실

사랑에 대응한다는 것은 소멸하는 것이다. 일방적으로 사랑
하는 일은 발산이다. 사랑받는 쪽은 상대가 발산하는 걸 막
아내야 하니까.

그토록 고대하던 미국 여행을 떠나던 전날 밤, 마무리하
지 못한 원고 때문에 늦게까지 책상 앞에 앉아 있었다. 원
고지 칸칸을 메우다 문득 내가 왜 이런 일을 하지 않으면
안되는가 하는 생각을 하니 바보같이 느껴졌다.

행복한 때 원고를 쓴다는 건 잔인한 일이다. 글을 쓰는
사람뿐만이 아니라 무엇인가를 창조하는 모든 사람에게 해
당되는 얘기라는 생각이 든다. 행복감에 젖어 있을 때는 아
무 것도 나오지 않는다.

그래서 억지로 자신을 상처내기도 하고 상대를 괴롭히기
도 해서, 인위적으로 불행한 상황을 만들어 쓰기도 하고 만
들기도 한다.

나는 종종 억지로라도 남자에게 반해 보려고 한다. 그것
도 가능한 한 어려움이 있는 상황의 남자를, 감히 손을 뻗
을 수 없을 만큼 차갑고 냉담한 남자에게.

162

상대가 결코 나에게 마음을 주지 않는다고 해도 그 남자를 좋아하려고 덤벼든다. 예를 들어 열다섯쯤 연하라든가 카사노바 같은 성격의 소유자라든가. 물론 마음 속으로다.

그 사랑이 절대로 이루어지지 않는다는 조건이 한둘쯤 없으면 안 된다. 이루어지는 사랑이어서는 안 된다는 얘기다. 왜냐하면 이루어지는 사랑은 행복해서 글을 쓰고 싶은 마음이 안 생기기 때문이다.

일방적으로 좋아할 때는 오히려 에너지가 필요없다. 에너지를 필요로 하는 것은 상대가 이쪽을 좋아할 때이다. 사랑 받고 있는 상태라는 건 에너지가 필요한 상태다. 아이가 어머니를 맹목적으로 사랑할 때, 거기에 전심전력을 다해서 대응해야 하는 어머니의 입장과 마찬가지로.

그것이다. 사랑에 대응한다는 건 소멸하는 것이다. 일방적으로 사랑하는 일은 발산이다. 사랑받는 쪽은 상대가 발산하는 걸 막아내야 하니까.

내가 사람에게 사랑받는 것보다도 먼저 사랑해 버리는 이유는 그 때문이다.

생각해 보면 내 인생에서 사랑이 결실을 맺은 예가 없다. 어느 하나 남김없이 파멸이다.

왜냐하면 나 자신이 의식적이든 무의식적이든 파멸을 바라고 있기 때문이다. 어렸을 적, 젊었을 때 그리고 지금까지 연애의 최초 과정에서 내가 꿈꾸는 것은 사랑이 이루어지는 장면이 아니라 이별의 풍경이었다.

　나의 청춘은 실연의 연속이었다. 덕분에 지금 글을 쓴다. 내가 대단한 미인이고 남자들에게 인기가 있었다면 나는 글을 쓰지 않았을지 모른다.

　충족되지 않았던 지난 시간은 공허와 부재의 감각을 알게 해 주었다.

　지금 내가 여자와 남자의 얘기에 집착해서 쓰는 것은 다른 게 없다. 실연 이외의 체험, 이별 이외의 체험을 한 적이 없기 때문이다.

　사람은 누구든 타인에게, 그것이 남편이든 연인이든 복수 다수의 사회이든 아무튼 인정받고 싶은 바람을 갖고 있다. 인정받고 사랑받고 욕망받고 싶은 것이다. 남는 건 공허와 부재의 감각뿐이면서도.

　사실은 '절망했을 때가 아니라 순수하게 나 자신을 원할 때에 한해서 내가 당신을 사랑할 수밖에 없다'는 골 깊은 마음을 갖고 있으면서.

　어쩌면 그렇기 때문에 나는 상처를 자초하고 이별을 자초했는지도 모르겠다.

# 두려운 건 너

낡은 사진 속에서 나는 나의 더러움을 발견했다. 그 더러움
을 지금 알 수 있다는 건 지금도 그 혼을 갖고 있기 때문
이다.

나는 사진을 싫어한다. 그것은 찍히는 것을 싫어한다는
것이다. 사진을 보면 찍혔을 때의 상황이 되살아나기 때문
이다. 조금이라도 잘 나오게 아름답게 찍히려고 자연스럽지
못하게 꾸민 표정들이 왠지 마음에 안 든다.

사진을 보고 있으면 그런 자신의 마음이 한심스럽다는
생각이 들어서 부끄럽기까지 하다. 그래서 될 수 있는 한
사진을 찍지 않으려고 한다. 사진을 찍고 현상해서 본다 해
도 그것을 금세 찢어 버린다. 그 탓인지 어렸을 때 사진뿐
만이 아니라 졸업기념 사진까지도 별로 남아 있는 게 없다.

나는 은근히 사진을 싫어하는 것을 몰래 자랑스럽게까지
여겼었다. 과거에 집착하지 않는 인간이라고 자신에게 들려
주기라도 하듯이.

옛날 사진을 꺼내서 한참 들여다보는 사람은 현재와 미
래에 향해 있지 않고 과거 속에 젖어 있다고 생각했다.

사진을 보존하는 자체가 과거를 잊지 못하고 있다는 공허한 노력이라고 생각했다.

그런데 사회에 나와서 직업을 갖고 일을 하다 보니 찍힌 사진을 보면서 한 장 한 장 찢어 버리거나 던져 버리는 여유가 없어졌다. 그럴 시간이 없어졌다는 얘기다.

사람들 앞에서 그런 행동을 하면 일일이 이유를 설명하지 않으면 안되기 때문에 말없이 핸드백 속이나 책갈피에 끼워 넣고 만다. 그러다 보니 사진이 한 장 두 장 모여진 것이 커다란 상자 가득히 넘실댄다.

지난 일요일, 오랜만에 그 상자를 열어 보았다. 새삼스레 한 장씩 사진을 꺼내 보면서 놀랐다. 낡은 사진 속에서 나는 나의 더러움을 발견했다. 그 더러움을 지금 알 수 있다는 건 지금도 그 혼을 갖고 있기 때문이다.

낡은 사진은 몇 년 전의 나뿐만 아니라 현재의 나의 마음을 찍어내기 때문인지도 모른다.

# 실연은 불행입니까

실연은 치통이나 두통, 신경통과는 다른 무엇이다. 마음의 얼룩이 없이 밋밋한 행복을 과연 진짜 행복이라고 말할 수 있는 것일까?

얼마 전만 해도 남자는 군대, 여자는 출산이라는 것이 사람이 경험해야 하는 고통이라고 하던 때가 있었다.

그러나 듣는 바에 의하면 요즘은 군대생활도 예전에 비해 훨씬 편해졌다고 한다. 그리고 출산도 무통분만에 진보해서 고통이 없는 출산도 가능하게 되었다. 문명의 진보는 이렇게 하나하나씩 사람의 괴로움을 덜어 주고 있다.

어느 날 독자라는 여성한테서 전화가 걸려왔다. 실연의 고통에서 빨리 헤어날 수 있는 방법을 알려 달라는 것이었다.

요즈음 젊은 여성을 위한 잡지에는 여러 가지 특이(?)한 기사를 싣고 있다. 예를 들어 유머가 있는 대화법이라든가, 효율적인 첫 고백의 타이밍이라든가 하는 식으로.

이런 것들이 과연 요즘의 젊은 여성들이 즐겨 읽는 내용의 기사인지 어떤지는 모르겠다. 그러나 유머 있는 대화법을 익혀서 데이트를 할 때 상대방에게 그것이 먹힐까 하는 생각을 해 보면 유머를 익히는 그 자체가 오히려 우스워진다. 뿐만 아니라 슬프기까지 하다.

요즘의 젊은이들에 있어 가장 소중한 인생 공부의 기초는 도대체 무엇인가 하는 생각을 해 봤다.

실연이라는, 그 사람의 인생에서 가장 중요한 괴로운 체험을 왜 그렇게 빨리 잊어버리지 않으면 안되는가.

실연은 치통이나 두통, 신경통과는 다른 무엇이다. 실연이라든가 이혼으로 받은 마음의 상처는 그렇게 빨리 잊어버려서는 안되는 것이다. 그 괴로움을 충분히 괴로워함으로써 다음 인생의 비료로 그 사람의 인간성을 살찌게 하는 거름으로 삼아야 한다.

실연의 괴로움에서 빨리 헤어나는 법을 배우는 일은 빨리 손쉽게 연애하는 방법을 배우는 생활 태도와 연결되는 일이 아니겠는가. 괴로움으로부터 빨리 헤어나고 싶다고 생각하는 것은 예나 지금이나 변함이 없는 바람이다.

그러나 정신의 괴로움을 손쉽게 빨리 해결하는 데도 약간의 의문은 있다. 모든 사람이 행복해지는 일은 말할 필요도 없이 좋은 일이다.

다만 마음의 얼룩이 없이 밋밋한 행복을 과연 진짜 행복이라고 말할 수 있는 것일까?

# 선택된 사람

선택하고 선택받는다는 것은 깊은 애정의 뒷받침이 있고서
비로소 성립되는 일이다.

엘리트(Elite)라는 말이 있다. 불유쾌한 말이지만 선택받은 사람, 뽑힌 사람이라는 의미이다.

이 말은 보통 어려운 시험을 돌파한 일류대학이나 유명회사에 들어간 사람들을 가리켜 말하는데, 과연 그들을 선택받은 인간이라고 부를 수 있는 것일까.

틀림없이 많은 지원자들 속에서 뽑혔다는 의미에서는 선택이라는 의미로 받아들일 수 있다. 그러나 이 세상에는 다른 선택 방법도 얼마든지 있다.

예를 들어 화재가 발생했을 때 우선 어머니는 아이를 감싸안고 불 속을 뛰쳐 나오려고 할 것이다. 그녀에게는 자신의 목숨보다, 평생 모아 온 저금통장보다도 아이가 더 소중하기 때문이다. 물론 다른 물건에 비해 아이가 소중하다는 그런 뜻은 아니다. 비교하기 이전에 아이를 먼저 생각한다는 말이다.

그리고 아이가 아무리 나쁜 인간이 되어도 어머니는 최후까지 아이의 편이다. 다시 말해서 우리들은 태어나면서 어머니에게 선택받은 인간인 것이다.

학교나 사회는 시험에 의해 나를 선택하고 그 후 성적이 나쁘거나 실수가 있으면 나를 떠밀어 버린다. 그들은 나를 선택한 것이 아니라 그 장소에 내가 적합한지 어떤지를 시험해 보는 것에 불과하다.

시험이라는 말의 의미는 시험해 보는 일이다. 그래서 시험에 통과한 사람은 최후까지 시험을 당하고 있다.

엘리트라고 불리우는 많은 사람들이 침착하지 못하고 안달복달하는 모습을 볼 때가 있는데, 여기선 선택받은 사람이라는 말에서 상상되어지는 풍부함과 따뜻함이란 없다.

시험 공부를 하고 거기에 통과하려고 분투 노력하는 일이 나쁘다는 것은 아니다. 그러나 시험에 합격했다고 해서 선택받은 인간이라고 생각하는 것은 잘못이다.

선택하고 선택받는다는 건 깊은 애정의 뒷받침이 있고서 비로소 성립되는 일이다. 시험에 떨어져도 엘리트, 다시 말해서 애정이 넘치는 가정을 만들 수 있다면 그 사람은 이미 선택된 사람이라고 할 수 있다.

# 사랑은 병이니까

사랑은 병이다. 병은 치료하고 시간이 지나면 낫는다. 그러므로 사랑의 병은 몇 번이라도 걸리고 또 고치고 하면 되는 것이다.

나는 나 자신의 경력에 대해서 얘기할 때 '나는 결혼에 실패하고…' 하는 식의 얘기는 하지 않는다.

그것은 어디까지나 인생의 흐름에 있어서 있었던 일이지 실패했다고는 생각하지 않기 때문이다.

사람은 무엇인가의 고통을 견디면서 성장해 간다. 나는 그렇게 생각한다. 마음의 상처로 인해서 인간성이 더 풍부해진다면 실패도 그렇게 마음에 둘 필요가 없다.

얼마 전에 실연 때문에 죽고 싶다는 여성의 전화를 받은 적이 있다. 물론 얼굴도 이름도 모르는 여성이었다.

남자의 변심으로 인해 얼굴에 온통 기미가 끼고 물 한 모금 쌀 한 톨도 목구멍으로 내려가지 않는다고 했다. 그것도 그냥 사랑이 아니라 불륜의 사랑이기 때문에. 불륜의 사랑도 사랑은 사랑이라 하지만. 정말 죽고 싶은 심정뿐이라고 했다. 그까짓 남자 하나 때문에 말이다.

사랑은 병이다. 병은 치료하고 시간이 지나면 낫는다. 인간은 그렇게 되어 있다.

그런데 사랑병에 걸려서 상대에게 버림받았다고 그럴 때마다 죽는다면 과연 우리의 목숨이 몇 개 있어야 된다는 얘긴가.

이 사랑이 가고 나면 또 다른 사랑이 온다. 사랑은 병이니까 몇 번이라도 걸리고 또 고치고 하면 된다. 버리고 버림받고 하는 동안에 점점 인간은 눈이 생기고 무슨 일이든 잘 생각해 보는 능력이 생기는 것이다.

그래서 어느 날 '그때 내가 왜 죽는다는 생각을 했지' 하고 쓴웃음을 짓는 날이 온다.

인간은 그러면서 성장해 간다. 연애뿐만이 아니라 무슨 일이든 그렇다. 실패가 거름이 된다. 실패의 고통을 견디는 일이 그렇게 어려운 일만은 아닐 것이다.

성공한 사람은 반드시 괴로운 상황에서 견디고 일어선 사람이다. 그 실패가 있었기 때문에 오늘의 자기가 있다. 그것이 없었다면 자기는 평범하지만 즐겁지도 않고 재미도 없는 그런 샐러리맨으로서 일생을 끝마쳤을지도 모른다고 얘기하는 실업가를 몇 명 본 적이 있다.

따라서 그 실연이 있었기 때문에 이 사랑은 소중히 키워야겠다는 마음을 가지면 되지 않을까.

하기야 사랑이라는 열병에 걸려 해열제도 듣지 않을 정도로 심한 상태에 있는 사람에게, 실패는 성공의 어머니라는 얘기를 한들 무슨 소용이 있겠는가.

인간은 살아 있는 한 열이 반드시 식는다. 인간의 심신은 그렇게 되어 있다. 자연 치료의 힘이 있다는 얘기다.

실패는 심신의 활성화의 찬스라고 나는 믿고 있다. 실연도 마찬가지다.

그 확신에 의해서 나는 파란의 인생을 살아왔다.

# 지금 이 자리에서

뒤틀린 부부가 서로의 관계를 회복하기 위해서는 바로 지
금 이 자리에서 해야 한다.

연인과의 사이가 삐거덕거리기 시작한 남자가 말했다. 그
녀와 둘이서 한 10여일간 오스트리아라도 여행을 할까 생
각하고 있다고. 대자연 속에서 충분한 대화를 나누고 나면
서로를 다시 보고 재인식할 수 있을 거라는 생각에서라고.

나는 그 얘기를 듣고 잘못된 생각이라는 마음이 들었다.

왜냐하면 그도 그녀도 대도시에 살고 있다. 일을 하고 있
다. 물론 주변엔 산도 없고 바다도 없다. 있는 것은 네온이
강처럼 흐르고 있을 뿐이다.

그런 서울에서 만나 사랑하다가 지금은 뒤틀려 있다. 그
뒤틀림을 서울에서 고치지 않는 한 절대로 근본부터 고치
기는 힘들다고 나는 생각한다.

오래 전 벨트롯치 감독의 〈셸다링그 스카이〉라는 영화가
있었다. 뒤틀린 부부가 서로의 관계를 회복하기 위해 사하

라 사막을 여행하고 있었다. 도시와는 전혀 다른 환경 속에서 부부는 서로야말로 가장 소중한 사람이라고 확인한다.

그러나 남편은 풍토병으로 죽고, 사랑하는 사람을 잃어버린 아내는 방심 상태로 되어 버린다는 영화였다.

나는 관계를 수복하기 위해서 사막을 여행한다는 얘기를 듣고는 이미 영화에 흥을 잃어버렸다.

도회의 남녀가 극한 상태의 자연에 몸을 맡기면 사랑하든 사랑하지 않든 기대고 의지할 사람은 옆에 있는 상대밖에 없다.

그뿐인 얘기다. 그것을 사랑의 수복이라고 생각한다면 큰 착각이다.

만일 남편이 병사하지 않고 두 사람이 도회로 돌아왔다면 또 같은 일이 반복될 것임이 뻔하다.

오스트리아의 대자연에 심신을 씻고 상대를 보는 눈이 서로 부드러워졌다고 해서 서울에 돌아오면 언제까지나 그 부드러움이 계속될까.

서울에서 산다면 서울에서, 지방에서 살고 있다면 지방에서 해결하는 게 좋다. 새로운 곳에서는 본다고 해도 일상으로 돌아오면 아무 것도 보지 않았음을 알게 된다.

그래서 여자와 남자의 관계는 참으로 어렵다는 얘기다. 특히 망가진 상태에서는.

# 편리한 여자는, 이제 그만

결정타는 운동에서만 있는 것이 아니다. 인생에서 특히 사
랑에서 여성이 자신을 위해 날려야 하는 타구여야 한다.

'알면서도 화가 난다'라는 그 기분을 남자는 이해 못할지
도 모른다. 불륜 관계에 있어 여자는 그 스탠스를 사수하는
일이 가장 중요하다.

그 이상 나가도 안 되고 지금보다 물러서도 안 된다. 화
가 나서 아내에게 짓궂게 해도 안 되고, 아내와 자기와 양
다리 걸친 남자에게 싫은 소릴 하거나 결혼을 종용하는 일
은 정말 꼴불견이다.

또 남자에게 처자가 있는 데 대해서 화도 안 나고 질투
도 전혀 없다고 새침 떼고 내숭 떠는 여자도 뭔가 부자연
스럽고 재미없다.

'알면서도 화가 난다'라는 표현이 가장 적절하고 나름대
로 멋이 있다. 이렇게 쓰면 꼭 반론이 나온다.

'연애가 한창 진행중일 때 적절하다 멋있다 할 여유가 있
어서 김가영 씬 좋겠어요. 폼잡는 소리만 하시네.'

그런 반론을 몇 번이나 들었는지 모른다.

그렇다면 멋이라고 하지 말고 귀엽다라고 고쳐도 좋다. 다시 말해서 '알고 있으면서'라는 말은 '이성'과 '감정'이다. 이성과 감정의 대립이어서 괴롭다. 그것을 참고 지나치게 나가지도 말고 지나치게 물러서지도 않는 위치를 지키고 있는 여자를 남자는 귀엽다고 생각한다.

결국 남자에게 있어서 편리한 여자가 아니냐는 얘기도 나올 만하다. 단언하건대 편리한 여자다. 물론 예외는 있다. 예외는 있지만 남자에게 편리한 경우가 많다. 그것을 알고 불륜에 빠진다면 굳이 할말은 없다.

그러나 결국은 타인의 것에 손을 댔다는 것, 타인의 금품에 손을 댄 것과 다를 바가 없다. 금품이면 벌을 받을 텐데 사랑이면 대충 지나간다. 하기야 간통죄도 있기는 하지만.

'알고 있으면서 화가 난다'라는 말은 정말 괜찮은 스탠스이다.

괴로움으로 견딜 수 없게 되었을 때 그의 아내에게 해꼬지를 하는 것보다도 그를 향해서,

"알면서도 화가 나네. 그러니까 나도 독신의 애인을 만들 거야. 안녕."

하고 목소리 높여 또렷하고 확실하게 말하는 것은 정말 멋있는 결정타다.

결정타는 운동에서만 있는 게 아니다. 인생에서, 특히 사

랑에서 여성이 자신을 위해 날려야 하는 타구여야 한다. 아내를 갖고 있으면서 또 밖에서 애인을 갖고 싶어하는 남자들을 향해서. 편리한 여자는 이제 그만이라고.

※스탠스:야구나 골프 따위에서 공을 칠 때나 던질 때의 두 발의 위치나 폭.

# 내 모습 다 보여도

부부나 연인이 건강한 정신 상태에서 오래 사랑하면서 살아가는 데는 서로의 다양한 얼굴을 보일 수 있는 걸 허용하는 데 있다.

어느 정신과 의사의 강연에서 재미있는 얘기가 있었다. 잘 지내는 부부나 연인은 서로 다양한 얼굴을 보이는 커플이라는 것이다. 예를 들어 어떤 때는 누나와 동생이 되기도 하고, 때로는 오빠와 동생이 되기도 하고, 어머니와 아들도 되고, 아버지와 딸이 되기도 하고. 물론 친구도 되고.

이런 다면성을 서로가 허용하고 편해지는 애정은 길게 간다는 얘기다. 틀림없이 그런 형태의 애정은 무리하지 않아도 되니까 같이 있어도 폼잡지 않아도 된다는 얘기다.

'무슨 일이든 남자에게 의지하는 여자를 좋아해. 그리고 나는 여자를 지키는 것을 좋아해'라고 한다고 해서 삼백육십오일 남자에게 의존할 수만은 없지 않는가?

남자도 여자에게 기대고 싶을 때가 있다. 그것을 무리하게 비틀어서 서로의 취향을 맞추려 한다고 해서 되는 건 아니다.

부부나 연인이 건강한 정신 상태에서 오래 사랑하면서 살아가는 데는 서로의 다양한 얼굴을 보일 수 있는 걸 허용하는 데 있다는 얘기다.

내 친구가 연인과 사이가 뒤틀렸을 때 들려준 얘기가 있다.

"난 그의 강함이 좋았어. 절대로 약한 소리는 하지 않고 불평도 말하지 않아. 좋아하는 여자에게 초라한 꼴은 보이고 싶지 않다는 게 그의 입버릇이었어. 난 정말 그의 꼴불견을 본 일이 없거든. 그의 의젓한 남자다움이 좋았는데 어느 순간, 나는 그에게 무엇인가라는 생각이 들더라고. 연인이잖아. 이따금 한탄도 하고 어리광도 부려 줬으면 했는데."

결국 그녀는 고민 끝에 헤어졌다. '마치 비닐로 만든 슈퍼맨 인형과 사귀는 느낌이 들어서……'라고 중얼거렸다.

여자든 남자든 가장 소중한 사람 앞에서는 슈퍼맨이 될 필요가 없다. 아니 그런 약속부터 미리 해야 되는지도 모르겠다.

그리고 보면 여자와 남자의 관계처럼 까탈스런 관계도 없다. 아리송한 관계라고 해야 더 정확할지 모른다. 어쨌든 사랑을 하면 꼴불견이 되는 것만큼은 틀림없는 사실이다.

# 사랑도 실연도

실연은 육체의 병과는 달리 약이나 수술로 고쳐지는
일이 아니다. 실연의 가장 견딜 수 없는 점은 누구의
책임으로 돌릴 수 없는 데 있다.

젊은 여성한테서 괴로움 없이 실연하는 방법을 알려달라
는 엽서를 받았다. 또 사랑을 하면 괴로워지니까 사람을 사
랑하지 않으려고 한다는 여성과 만난 적도 있다.

요즘 젊은이들은 평화에 익숙하고 고통을 견디는 힘이
부족해서일까. 아무튼 무통분만 같은 출산 방법이 나온다
해도 무통연애까지는 어떨지 모르겠다. 우선 괴로움이 없는
연애란 김빠진 맥주와 다를 바 없지 않을까.

연애는 괴로움에 의해 승화되는 것이다. 예를 들어 그 사
랑을 잃어버렸다 해도 괴로움을 참고 견뎌냄으로써 사람을
사랑한다는 일이 어떤 것인가를 진정으로 알 수 있게 되는
것이다.

실연의 가장 견딜 수 없는 점은 누구의 책임으로 돌릴
수 없는 데 있다.

실연은 화재나 강도, 도산 같은 것과는 달리 현실생활 속

에서 분투하고 해결해 나가는 게 아니고 또 육체의 병과는 달리 약이나 수술로 고쳐지는 일도 아니다.

상대를 한 대 쳤다고 해서 마음의 상처가 없어지지는 않는다. 미워하면 할수록 복수하려고 하면 할수록, 또 사랑을 되돌리려고 하면 할수록 고통은 더욱더 선명하게 나타난다.

결국은 세월이 조금씩 지워 주는 것을 기다릴 수밖에는 별 도리가 없다. 그렇게 어쩔 수 없음을 견디는 사이에 그 사람의 마음은 눈에 보이지 않는 여러 가지의 지혜를 익히게 된다.

'어쩔 수 없는 일'에 견디고, 어떻게 분투해야 할지 모르는 일에 당면하는 일은 사람이 성장함에 있어서 대단히 의미 있는 일이라고 나는 생각한다.

다시 말해서 사람은 자신이 고독을 알았을 때야말로 진정으로 타인의 고독을 헤아릴 수 있다는 얘기다. 태어나면서부터 부자였던 사람이 가난한 사람의 괴로움에 냉담한 것은 가난의 괴로움을 경험한 적이 없기 때문이다.

태어나서 한번도 거짓말을 해 본 적이 없다고 자랑하는 사람은 타인의 거짓말에 대해서 엄격하게 비난한다.

하지만 그것은 그 사람의 정의를 기반으로 하고 있다는 것보다는 거짓말을 하지 않을 수 없는 입장에 서 본 일이 없기 때문이라고 할 수 있다.

타인에 대한 이해력과 통찰력과 배려는 지식과 공부에서

가 아니라 괴로운 경험에 의해서 키워지는 것이다. 실연은 단순히 자기만의 일로 가득 찬 채 살아온 젊은이들에게 그런 소중함을 알게 해 주는 찬스라고 생각한다.

젊은이들은 많은 사랑을 하고 많이 실연하고, 그리고 어차피 실연할 것이라면 그런 것을 얻을 수 있는 실연을 해 볼 필요가 있지 않을까?

# 따뜻한 남자

나이를 먹고 여자로서의 매력이 없어지면 남자의 따뜻
한 마음도 자연히 바뀌는 게 슬픈 일이다.

'따뜻함, 따뜻함' 하고 요즘처럼 따뜻함이 제목처럼 불려
지는 시대는 지난 어떤 시대에도 없었다. 또 그렇게 불려지
는 데 비해서 따뜻함이 없는 것도 사실 지난 어느 시대에
도 없었다.

젊은이들에게는 '따뜻한 남자'라는 것이 있는 모양이다.
'그 남자 따뜻해요'라는 식으로.

"자기야! 나 데리러 와."

하고 한마디 하면 금방 차를 타고 달려온다.

그것을 따뜻하다고 말하면 그렇다는 생각도 들지만, 그것
은 그냥 사람이 좋든가 아니면 그녀에게 반해 있든가 그저
그뿐인 일이라고 생각된다. 반하면 누구든 따뜻해지기 마련
이니까.

그라는 사람이 예를 들어 나 같은 아주머니한테도 친절
을 나타낼지 어떨지. 그녀가 치한에게 당할 때와 나 같은

아주머니가 당할 때, 그가 스스로 취하는 태도는 다를 것이다. 그래가지고서는 그가 진짜 따뜻한 사람이라고는 말할 수 없다.

몇 년 전 운전교습소에 다닐 때였다. 맹렬한 더위 속에서 잔뜩 겁을 먹고 주행연습을 하는데 젊은 아가씨들에게는 친절하던 강사가 나 같은 아주머니가 질문을 하고 부탁을 하면,

"아이, 몇 번 설명을 해야 알아들으세요?"

하고 짜증을 낸다. 그런데 아가씨들이 물어보면,

"알겠습니다. 다시 한번 해 보시죠?"

하고 그야말로 친절하고 따뜻하게 대답을 한다. 그리고 나 같은 아주머니가 두 번 이상 질문을 하면 아예 못 들은 척 저쪽을 보고 있다.

생각하건대 그는 따뜻한 사람이라기보다 솔직한 사람이라고 해야 할 것 같다.

나이를 먹고 여자로서의 매력이 없어지면 남자의 따뜻한 마음도 자연히 바뀌는 게 슬프다.

'따뜻함, 따뜻함' 하고 간단히 말하지만 그것은 인간에 대한 이해력, 통찰, 추찰의 힘에 의해 가꾸어지는 것이기 때문에 그렇게 쉽게 가질 수 있는 게 아니다.

예전에는 마음에 없는 따뜻함을 형식에 의해 커버했다.

그래서 아마 예전 사람은 타인에 대한 배려의 형식을 가

르치고 그 형식을 따르는 것으로 따뜻함을 대신해 왔는지
도 모른다.

지금은 배려의 형식이 불필요한 것으로 비난당하고 말았
다. 때문에 둔감함의 본바탕이 드러나 버린 게 아닌가 싶
다.

그들은 무더위에 한 시간 반을 연습하러 온 인간의 상태
에 대한 상상이 없다. 아니 상상할 필요를 느끼지 않는 것
일 게다.

그런 인간이 한편으로는 그 나름대로의 따뜻함을 이상으
로 여기고 바라고 있는지도 모른다.

또 따뜻함이 없어진 시대이기 때문에 더 '따뜻함, 따뜻함'
하고 새처럼 노래를 부르는 건 아닌지.

내가 따뜻함이라는 걸 뭔가 잘못 생각하고 있는 것일까?
아니면 따뜻한 남자의 배려를 받을 수 없는 나이여서 그런
것일까?

# 기억 속에 서면

나의 내부에서 달라붙고 떨어지고 또 달라붙고. 망연하다는
감정까지 승화되어 버린 바람과 파도의 풍경. 그것은 나의
원풍경이었다.

글을 쓰기 시작해서 몇 년이 지난 후부터 글을 쓸 때마
다 언제나 나의 의식 속에서 어떤 풍경이 떠오르는 것을
알았다.

바람과 파도의 풍경이다. 그것은 때에 따라 내 속에서 혼
연히 용해되기도 하고 일치되기도 했다. 광경이라기보다는
정경이기도 하다.

나의 내부에서 달라붙고 떨어지고 또 달라붙고. 망연하다
는 감정까지 승화되어 버렸다.

또 하나는 흙먼지 날리는 황사의 풍경이다. 나는 일곱 살
때 모슬포 관사에서 보냈다. 그곳의 여름을 나는 잊을 수가
없다.

계절풍이 불 때쯤 되면 메마른 황토색 바람이 일었다. 다
음날도 그 다음날도 황토색 바람이었다. 밖은 물론 집안까
지 까칠까칠하게 흙이 날아 들어왔다. 그것은 눈과 귀, 코,

입까지 들어와 사람을 괴롭혔다.

태양의 빛마저 삼켜 버릴 만큼 불어대는 바람은 암울하게 느껴졌다.

어느 날 나는 어머니가 만들어 주신 옥수수떡을 두 살 위인 오빠와 같이 마당에서 먹고 있었다.

나는 그때의 햇빛과 바람을 역시 잊을 수가 없다. 외로움, 가난함, 지루함, 그런 모든 기억은 그 바람 때문이었다. 그 바람이 갖는 광기 때문이었다. 사람으로부터 이성을 빼앗아 가는 바람.

〈태양은 가득히〉에서 태양 때문에 살인했다는 그 암울처럼 모슬포의 바람은 오랜 세월 나의 기억 속에서 암울하게 남아 있다.

종일 어머니를 기다리며 아침에 만들어 주시고 간 옥수수떡을 먹었다. 마당에서 먹다 마루에서 먹다 집 밖에서 먹었다. 까칠까칠한 바람이 불어대는 속에서 나는 이것 봐라는 듯이 옥수수떡을 먹고 있었다. 가난한 동네 아이들에게 자랑이라도 하듯이.

그러나 나는 자신이 하는 일이 부끄럽다고 느끼고 있었다. 또 그런 행동을 하는 나 자신이 싫었다. 싫기는 했지만 옥수수떡을 먹으면서 잘난 척하는 걸 멈출 수가 없었다.

아마 종일 어머니를 기다려야 했던 시간, 표현할 수 없을 정도의 태양과 바람의 잔인함과 지루함, 그런 것 때문이었는지 모른다.

그것은 나의 원풍경이었다. 나라는 인간의 살아가는 태도
와 타인과의 관계에서 중요한 영향을 미친 원풍경이다.

그리고 그것은 내가 살아가는 데, 내가 쓰는 글의 배경으
로서 보이는 풍경이다.

이를테면 고독, 허무, 지루함 같은.

# 변덕도 병인가

상대방의 아주 작은 언동으로부터 그의 전체적인 인상
특히 성격적인 면을 한순간에 봐 버리는 점이 나와 상
대와의 거리를 멀어지게 한 요인이었다.

나는 내 성격 중에 싫은 게 있다. 싫증을 잘 낸다는 점이
다. 무엇에 대해서도 금세 싫증을 낸다. 싫증을 냄과 동시
에 흥미와 관심을 잃어버린다.

반지라고는 하나도 없던 내가 육개월 전 큰맘 먹고 조금
비싼 것을 하나 샀다. 십개월 할부로 하기로 했다.

그런데 어떻게 된 것인지 할부금을 반도 내기 전에 반지
에 싫증을 느끼고 말았다. 도중에 파기할 수도 없고 해서
여동생에게 줘버릴까 하고 생각하고 있다.

나 스스로 생각해도 놀랍다. 그리고 그런 나의 성격이 싫
다. 이것이 할부금을 전부 끝낸 상태라면 그나마 이해가 가
지만 납금을 반도 하지 않았는데.

자기 혐오를 넘어서 나의 한심한 성격을 나 스스로 비웃
었다. 타인의 악담을 하듯 나 자신을 규탄하니 겨우 마음이

190

좀 가라앉았다.

그런 내가 스스로도 못 미더워서 차를 살 때는 현금으로 샀다. 할부금이 남아 있는데 그 물건에 싫증을 느끼는 상황만큼 처치 곤란한 일은 없을 테니까.

반지를 계기로 나는 과거를 솔직히 반성하고 약점을 인정하는 마음이 생겼다. 인간은 어떤 일로 개심할지 정말 모르는 일이다.

돌이켜 생각해 보면 지난날 나는 남자와의 관계가 오래 지속되어 본 적이 없다. 물론 내 쪽에서 헤어진 게 아니라 상대 쪽에서 멀어진 경우도 있었지만 어떻든 길게 지속되지는 못했다.

그때는 관계가 지속되지 않는 이유로 이것저것 이론을 달고 자타를 납득시켰다. 그런데 지금에 와서 생각해 보면 이 사람도 저 사람도 내가 싫증을 냈다는 것에 불과하다는 걸 알 수 있다.

게다가 원인은 전에 나는 지금보다 더 동물적인 감이 작용했다. 상대방의 아주 작은 언동으로부터 그의 전체적인 인상, 특히 성격적인 면을 한순간에 봐 버리는 점이 있었다. 보고 싶지 않은 면까지 봐 버리고 그 감이 빗나가면 그래도 다행이다. 그런데 유감스럽게도 적중률이 높고 나의 예상대로의 현실이 펼쳐지기 십상이었다.

싫증을 잘 내는 것과 동물적인 감이 합쳐져서 최악의 상태였다.

여기에 대항할 수 있는 남성은 아마 별로 없었을 것이다. 내가 남자라도 그런 여자와는 벌써 손을 뗐을 테니까.

지금껏 나의 인생에서 유일하게 싫증을 내지 않는 게 있다면 글쓰는 일인 것 같다.

# 불필요한 일

상대에게 잘 보이려는 노고는 중요하지만 잘 보이려는
연출은 오히려 무섭다.

결혼 적령기라고 불리우는 20대 전반까지 나는 키가 큰
것에 대해 굉장한 열등감을 갖고 있었다. 키뿐만이 아니라
손과 발, 얼굴 모두가 커서 몹시 불만이었다. 말하자면 내
게는 덩치 큰 여자라는 이미지가 있었다.

덩치 큰 여자라는 자체가 싫었던 이유가 몇 개 있다. 그
중 하나는 남자가 좋아하는 여성상을 확고하게 나 자신이
만들어 놨기 때문이다.

내가 생각하는 여자의 이상상은 키가 157센티 정도에 하
얀 피부, 머리가 길게 찰랑거리고 잘 웃고 잘 울고 애교가
넘치고, 말수가 적고 외로움을 잘 타고 식욕이 별로 없고,
남자를 위해서 헌신하는 타입, 그런 여자였다.

나는 그 어느 것에도 해당되지 않는다. 무엇보다도 말투
가 투박하고 좀처럼 울지 않는다. 잘 먹고 애교도 없다.

그런 내게 드라마틱한 사랑은 일생 동안 인연이 없는 존

재라고 생각하며 괴로워했다.

그런데 세상은 그렇게 비정한 것만은 아니었다.

어제 우연히 들척이던 잡지에서 '진짜 매력 있는 여성은 남성다운 면을 많이 갖고 있다. 남자는 그런 여자를 좋아한다'라는 특집을 다루고 있었다.

그런데 생각해 보면 그것처럼 믿을 수 없는 말도 없다.

나도 한때는 좋아하는 사람 앞에서는 무지한 여자로 있어야지 하고 생각한 적도 있었다. 그래서 내가 잘 알고 있는 일이어도 모르는 척하고 상대를 칭찬했다.

예를 들어 '어머! 정말 난 몰랐어. 당신 대단해. 자기 나한데 많이 가르쳐 줘' 하는 식으로. 말하자면 내숭이었다.

그런데 전혀 좋은 결과를 얻지 못했다. 당연하다. 상대에게 잘 보이려는 노고는 중요하지만, 잘 보이려는 연출은 오히려 무서우니까.

괜찮은 남자라면 반드시 연출의 무서움을 알아챈다. 연출이라는 것을 노고의 하나라고 생각하는 사람도 있지만 전혀 다르다. 연출은 어디까지나 그가 있는 데서 연기하는 것이다. 노고는 그가 없는 데서도 노력하는 일이다.

그 차이가 얼마나 크게 여자의 자태에 나타나는지 이제 알 수 있다.

절대 그에게 말해서는 안 되는 금기사항이 있다.

"나 당신 마음에 들려고 생각 해 본 적 없어. 다만 당신이 나를 싫어하지 않도록 노력할 뿐이야."

그렇게 말하는 것이야말로 연출이다. 말만 들어도 불쾌한 느낌이 든다.

고생이라는 건 안 보이는 데서 하는 게 훨씬 좋은 표정이 돼서 나타난다.

상대에게 밉게 보이지 않도록, 상대방의 마음에 들려고 노력하는 그 고생이 과연 무슨 의미가 있을까?

이 나이쯤 되고 보니 보면 알 수 있다. 남자의 취향 같은 건 남자가 백 명 있으면 백 가지다. 절대로 하나의 패턴이 아니다.

그보다도 겁나는 일은 여자가 제멋대로 만들어낸 '남자가 좋아하는 여성상'에 얽매여서 조금이라도 거기에 가까워지려고 자기 자신을 억누르는 데 있다.

믿을 수 없는 정보에 괴로워하기보다는 남자들의 눈을 믿고 쭉쭉 구김살 없이 생활해 나가는 편이, 여자는 훨씬 빛난다.

# 행복한 인생

내기의 본래 목적은 스릴에 있다. 절대 안정이라는 보장이
없기 때문에 내기에 정열이 생기는 것이다. 인생도 마찬가
지다.

내가 아는 사람 중에 그림을 그리는 남자가 있다. 중학교
시절부터 화가에 대한 꿈을 안고, 마흔이 넘은 지금까지도
그는 그림을 그리고 있다. 그런 그를 화가라고 해야 할지
어떤지는 모르겠다.

내가 작가 지망생이던 지난 시절, 언제나 글을 쓰고 있었
지만 나의 글이 상업지에 실린 적이 없었다. 그러나 기분은
작가였다. 매일 글을 쓰는 생활을 하고 있었기 때문에.

그런 의미에서 그 남자도 화가이다.

그는 태어나서 마흔이 훨씬 넘은 지금까지 돈을 벌어 본
적이 없다. 그림이 안 팔린다기보다도 팔려고 하지 않는다.
그저 그냥 그릴 뿐이다. 타인에게 평가받으려고 하지도 않
는다. 왜 그런지는 아무도 모른다.

필연적으로 생활은 아내가 맡아서 한다. 아이도 없고 아
내는 직장엘 나간다.

남자는 아내가 출근한 뒤 낮쯤에 일어나서 음악을 듣고 샤워하고 식사를 한다. 그리고는 그림을 그리다 오후에는 산책을 나간다.

결혼해서 20여 년을 남자는 그렇게 살아왔다. 부모한테 물려받은 집도 있고 그런대로 생활에는 괴로움이 없는 편이다.

사람들은 그 남자를 행복한 남자라고 한다. 팔자 좋은 사람이라고 한다. 전생에 쌓아 둔 것이 많아 그렇다고 부러워한다.

그런 얘기를 들을 때마다 나는 왠지 석연치 않다. 세상에는 돈을 벌지 않아도 좋은 생활을 하면, 무엇보다도 행복하다고 생각하는 사람들이 많다.

과연 그럴까? 아무 것도 하지 않고 누가 돈을 갖다 줘서 편히 쓰는 생활이 그렇게 행복할까? 나는 지루하고 재미없는 인생이라는 생각이 든다.

돈을 손에 넣는 재미는 노력에 따라서 주어지는 것이기 때문이다. 울고 웃고 하면서 불려 가는 돈이 아니면 재미가 없다.

내기의 본래 목적은 스릴에 있다. 절대 안정이라는 보장이 없기 때문에 내기에 정열이 생기는 것이다. 인생도 마찬가지다.

사십구년의 나의 인생을 되돌아보면 나름대로 재미있었

다. 파란이 많았다면 많았기 때문이다. 사람들은 그것을 불행이라고 하지만 나는 그렇게 생각하지 않는다. 그 파란과 고생이 없었던들 나의 인생은 재미없었을지도 모른다.

나는 결혼에 실패했지만 자신을 불행하다고 느껴 본 적은 없다. 그것은 파도에 휩쓸릴 때마다 불행하다고 느끼고, 파도가 지나가서 안도의 한숨을 내쉴 때마다 행복한가를 생각하지 않는 것과 같다.

그렇게 하면서 살아온 것은 단순히 내게 힘이 있어서가 아니라, 글을 쓰는 일이 있었기 때문이다.

글을 쓰는 게 결코 쉬운 일은 아니지만 좋아하니까 쓰고 있다는 게 솔직한 심정이다.

글을 쓰는 일에도 여러 가지가 있다. 쓰는 것을 직업으로 하고 있는 한, 쓰고 싶지 않은 것도 써야 할 때가 있다. 그럴 때 나는 언제나 생각한다. '이렇게 내키지 않는 것은 쓰지 않으면 안되는가' 하고.

최근에는 싫은 것도 하는 게 좋다는 생각으로 바뀌었다. 싫은 일도 함으로써 정말 쓰고 싶은 걸 쓸 수 있는 게 아닌가 하고. 쓰고 싶은 것만 쓰다 보면 얼마 없어 아무 것도 쓰지 못하는 게 아닌가 하고.

일어나고 싶을 때 일어나고 자고 싶을 때 자는, 그림 그리는 그 남자를 행복한 인생이라고 한다.

하지만 만일 그가 그런 생활 속에서 만족하고 있다면, 그

198

것은 창조하는 기쁨일 것이다. 아니면 창조할 때의 괴로움에 있을지도 모른다.

그 괴로움이 있기 때문에 그 생활이 충실감이 있고 희망이 있는 것이다. 그게 그를 살게 하고 있는지도 모른다.

아무런 괴로움 없이 그저 평온한 나날을 되풀이한다면 행복할 리 있겠는가.

자기 완성에 대한 어떤 불안, 어떤 정념, 어떤 괴로움도 없이 행복이라는 건 생기지 않는다.

살아가는 데 조금은 괴로움이 있는 게 행복하다. 또 행복은 어디서 오는 것이 아니다. 자기 속에서 키우는 것이다. 행복이라는 나무를.

# 인생도 즐거움도 두 배로

가짜에 속는 것은 진짜를 모르고 또 진짜를 볼 수 있는 확실한 눈이 자기에게 없기 때문이다. 진짜를 보고 확실한 눈을 키우면 가짜에 속는 어리석음은 없다.

지난 겨울에 거액(?)을 주고 산 밍크가 가짜였다고 친구가 흥분했다. 그 애기를 듣고 나도 덩달아 흥분했다. 아직도 가짜를 진짜라고 속이는 풍조가 남아 있다는 건 그야말로 열받는 일이다.

진짜와 가짜, 속이고 속는 것에 대해서 친구와 나는 서너 시간 열을 내다가 결론을 내렸다. 속이는 쪽이 아니라 속는 쪽에 문제가 있다는 것으로. 뻔한 결론이었다.

가짜에 속는 것은 진짜를 모르기 때문이다. 진짜를 볼 수 있는 확실한 눈이 자기에게 없기 때문이다. 봐 낼 수 있는 능력이 없으니까.

감별할 수 있는 눈, 진짜를 볼 수 있는 눈을 키우는 일은 그 누구도 아닌 자기 자신의 문제이다.

보고 또 보는 것, 그렇다고 해서 아무 것이나 보는 게 아니라 진짜를 봐야 하는 애기다.

200

진짜만을 보고 또 보는 것, 그리고 피부로 느끼는 일. 철저하게 진짜를 보고 확실한 눈을 키우면 가짜에 속는 어리석음은 없다.

사람도 마찬가지다.

'배신당했다, 그런 사람인 줄 몰랐다' 하는 식의 인간관계가 얼마든지 있다. 그런 경우 상대방 탓으로 돌릴 게 아니다. 자기 탓이다. 사람을 보는 눈이 자기에게 없었기 때문이다.

그렇기 때문에 사람을 봐 내는 눈도 키워야 한다.

겉 핥기 식으로 사람을 사귀어서는 그런 눈을 키울 수가 없다. 즉 이것저것 생각하고 계산해서 사귀는 것으로는 불가능하다는 얘기다.

모든 이해타산을 배제하고 상대방을 진심으로 보고 사귀어야만 그 사람의 품성을 봐 낼 수 있는 눈이 생긴다.

사람을 보는 눈, 진짜와 가짜를 분별할 수 있는 눈을 키우는 게 왜 중요한가 하면, 그것은 인생을 보다 즐겁고 풍부하게 하기 위해서이다.

인생은 만남으로 이루어진다고 해도 지나친 얘기가 아니다. 사람과의 만남, 사물과의 만남, 만남의 연속이다. 언제나 완벽하게 좋은 만남만이 있는 건 아니다.

그러나 자신에게 보는 눈이 있음으로써 상대방의 좋은 점을 봐 낼 수 있다면 그것은 기쁨이요 행운이다.

내용이 알찬 사람, 좋은 사람, 또 진짜와의 만남은 인생을 풍부하고 행복하게 해 준다. 때문에 봐 낼 수 있는 눈을 키워야 한다는 말이다.

# 남의 탓이 아닌 내 탓

남의 탓으로 돌리면서 행복해질 수는 없다. 환경은 사람을
만들지 않는다. 표현할 뿐이다.

무엇인가 마음대로 되지 않을 때 우리들은 누군가의 책
임이라고 생각하고 책임을 전가한다.

누군가가 어디에 뒀기 때문이라고. 자동차의 상태가 나쁜
것은 카센터에서 엉터리로 고쳤기 때문이라고. 가계부가 적
자인 것은 마누라가 낭비했기 때문이라고. 집이 어수선한
것은 애들이 치우지 않아서라고. 기획이 늦어진 것은 동료
가 제대로 일을 하지 않았으니까. 예를 들자면 끝이 없다.

이렇게 남의 책임으로 돌리는 버릇은 허다하다. 개인적인
차원에서 본다면 자신의 행동과 괴로움과 행복의 모두가
자기의 책임이 아니라 남의 탓이라고 생각하는 현상이다.
사회적 차원에서 본다면 소송과 범죄자조차도 나몰라라 하
는 식의 웃기는 변명으로 일관한다.

타인의 책임으로 돌리는 습관에 젖으면 자신의 분노나
욕구불만, 우울, 스트레스, 불행 등을 모두 타인의 책임이라

고 생각하게 된다.

남의 탓으로 돌리면서 행복해질 수는 없다.

우리들의 괴로움에는 사람이나 환경에 의해서 생기는 일도 분명히 있지만, 그것을 극복하고 행복을 잡지 않으면 안 되는 것은 바로 자기 자신이다.

환경은 사람을 만들지 않는다. 사람을 표현할 뿐이다.

한 예로 남의 탓으로 돌리지 않았을 때 어떻게 될까? 다시 말해서 자신의 행복과 타인의 환경에 대한 반응에 자기대로 책임을 갖는다는 얘기다. 집이 어지러져 있으면 누군가의 책임으로 돌리지 말고 자기대로 청소하고, 가계부가 적자났을 때는 자기가 어디에 어떻게 절약할 수 있을까를 생각하고.

가장 중요한 일은 자신이 불행할 때 자신을 행복하게 만들 수 있는 사람은 자기밖에 없다는 것이다. 또 그렇게 자신에게 다짐할 필요가 있다.

남의 탓으로 돌리는 데는 방대한 에너지가 필요하다. 너 때문에 이렇게 됐다는 식의 사고는 스트레스와 병으로 직결된다.

남의 탓으로 돌리면 자신의 행·불행은 자기가 조정할 수 없고 남의 행동에 좌우당하는 셈이 된다. 그렇게 되면 살아가는 일이 무기력하게만 느껴진다.

남의 탓으로 돌리지 않으면 자신의 파워를 되찾을 수 있다. 선택자로서의 자신이 보인다. 자신의 감정을 조정할 수 있는 주인이라는 것을 자신이 알게 된다.

동시에 더 발전적인 감정을 만들 수 있다는 자각이 생긴다. 남의 탓으로 돌리는 버릇을 없애면 인생은 더 즐겁고 편안해진다. 참으로 어려운 일이긴 하지만.

# 내가 생각하는 부자

진짜 부자란 천 원짜리 물건을 육백 원에 사고 나머지 사
백 원을 저금하면서 정확히 파악하고 있는 사람이다. 그것
이 부자의 정신이기도 하다.

여태껏 살면서 부자였으면 하는 생각을 별로 해 본 적이
없다고 했더니, 부자의 위력, 돈맛(?)을 몰라서 그렇다고 친
구가 말했다. 게다가 돈을 모아야지 하는 마음가짐이 없으
면 넘어져도 자빠져도 부자가 될 수 없다고 했다.

그리고 나같이 있으면 있는 대로 다 써 버리는 사람은
평생 부자와는 거리가 머니까 아예 포기한 게 정신건강상
좋았다는 농담까지 덧붙였다.

내가 금전 감각이 없는 데는 환경 탓도 있기는 있다.

수십 년 전 이른바 나의 결혼 적령기에 내 주위에 있던
사람들은 시인이라든가 소설가라든가 하는 사람들뿐이었다.
내가 한결같이 좋아하고 존경하고 흠모하던 대상도 그런
사람들이었다.

나는 시인이나 소설가에게 저금은 왠지 어울리지 않는다
는 독단과 편견을 갖고 있었다. 적금 들고 적금 통장에 신

경쓰는 그들을 상상할 수가 없었다. 작가나 시인은 꿈을 파는 직업이라는 생각을 하고 있었기 때문이었다.

'돈이 있을 땐 확실하게 쓰고 없을 땐 냉수 마시고 하늘을 볼 수 있는 남자. 남자와 저금은 왠지 어울리지 않아' 하는 식으로, 요즘 표현을 빌리면 나는 구름 잡는 생각이나 하고 있었다.

거기에 비하면 친구들은 '부잣집 아들, 경제관념이 철저한 남자, 일류대학을 나오면 평생 밥 굶길 일은 없을 테니까' 하는 기준에서 신랑감을 골랐다.

구름 잡는 생각이나 하는 덕분에 부잣집 사모님 소리 한 번 못 듣고 살지만 별반 후회는 없다.

서두가 길어졌는데, 물려받은 유산, 횡령한 돈, 사기친 돈, 우연히 당첨된 거액의 복권, 타인의 불행에 의해서 거머쥔 돈으로 된 부자는 진짜 부자가 아니라고 생각한다. 그렇게 해서 된 부자는 자신의 재산이 얼마인지도 확실히 모른다. 정성들여 모은 돈이 아니니까.

진짜 부자란 천 원짜리 물건을 육백 원에 사고 나머지 사백 원을 저금하면서 정확히 파악하고 있는 사람이다. 그것이 부자의 정신이기도 하다.

진짜 부자는 사실은 모두 무명(無名)이다. 나는 그렇게 생각한다.

# SF의 거리

핸드폰을 둘러싼 현상 중에 아쉽다고 느끼는 부분은 부재
중이라는 이름의 자유 상태를 예사로 알리고 자신의 사생
활을 부끄럼 없이 폭로하는 일이다.

신제주에서 친구와 저녁식사를 하고 헤어졌다.

택시를 타려고 기다리고 있는데 문득 재미있는 모습이
눈에 띄었다. 일류미네이션이랑 네온이 반짝이는 신제주 거
리에 대학생으로 보이는 여자와 젊은 오빠, 아주머니가 각
자 핸드폰을 사용하며 걷고 있었다. 말 그대로 재미있다는
생각이 들었다.

왜냐하면 내 머리 속에는 얼마 지나지 않아 21세기가 되
면 길을 걷는 사람들이 모두 핸드폰을 들고 얘기하면서 걸
어 다니는 모습을 상상했기 때문이다.

이쪽에서도 저쪽에서도 찌르릉 발신음이 울리고 거기에
대답하는 SF적 광경이 떠올랐다. 재미있다는 생각보다 무
섭다는 표현이 더 솔직한 나의 심정이다.

핸드폰의 등장은 사람의 마음을 크게 바꾸어 놓았다. 아
니 사람이 크게 바뀌어 있었기 때문에 이렇게까지 보급된

것이 아닌가 한다.

핸드폰을 둘러싼 현상 중에 내 개인적으로 가장 아쉽다고 느끼는 부분이 하나 있다.

부재중이라는 이름의 자유 상태를 예사로 알리고 자신의 사생활을 부끄럼없이 폭로하는 일이다.

사업상의 피치 못할 연락 사항이라든가 어겨서는 안 될 친구와의 약속이라면 그런대로 납득이 간다. 그런데 무슨 사연이 있는지는 모르지만 핸드폰에다 대고 욕설을 퍼붓고 삿대질까지 하며 걸어가는 모습은 참 이해하기 어렵다. 우연히 앞에서 걸어오던 사람이 오해해서 싸울까 봐 괜한 걱정도 된다.

핸드폰의 사용자가 이렇게 늘어난 이유는 원래 개인주의의 뿌리가 없는 우리 민족의 특성에서 오는 것이 아닌가 한다. 또 젊은이들의 대면적 대화를 기피하는 경향 때문도 있다. 고도의 정보화 사회에서는 피할 수 없는 숙명적인 존재라는 점도 인정한다.

그러나 전화의 문명을 싫어하는 사람도 예전엔 마음 구석 어딘가에 목가적인 분위기가 있었다. 인간과 전화 사이에는 어디까지나 인간이 주역이라는.

그런 시대에 살아서인지 아직도 나는 핸드폰을 사용하는 일이 쑥스럽다. 더구나 걸어다니면서 사용하는 데는 비장한 각오와 용기를 필요로 한다. 내게는.

# 있는 그대로의 당신

개성이 강한 사람은 사람들로부터 호감도를 갖는 확률이
낮을지도 모른다. 그래서 인기를 얻으려고 불필요한 노력을
해서 지쳐 버리는 사람도 있다.

나는 어떤 사람이 좋은가 하면, 사람을 용서할 수 있는
넓은 마음을 갖고 있는 사람이다. 인간은 자기에게 없는 것
을 갖고 있는 사람에게 끌리게 마련이다.

그런가 하면 나의 맹점 중에서 많은 적을 만드는 요소인
단기(短氣)와 열 잘 받는 성격에 매력을 느낀다는 사람도
있기는 하다.

그것은 나에게는 있는데 그 사람에게는 없는 것이기 때
문이다. 화를 낼 때 화를 못 내서 우왕좌왕하는 사람들, 앞
뒤 생각하지 않고 열을 받는 사람에 비해 그러지 못하는
사람들, 그런 조심성 있는 사람들에게 있어서 나 같은 여자
는 아무래도 용서받지 못하는 천(?)한 여자일지도 모른다.

주변 사람들의 마음을 사로잡을 수 있는 매력이란 과연
어떤 것인가 하고 물어 왔을 때, 따뜻함이라든가 상대에 대
한 배려라든가 명랑함, 신뢰감이라는 추상적인 말을 얼마든

지 할 수 있다.

그러나 진짜 매력이라는 것은 어떻게 정할 수 있는 일이 아니다. 그 사람의 개성과 인생 경험에 의해서 자연스럽게 발효되어서 몸에 배어 나타나는 것이기 때문이다.

젊은 여성들 사이에는 흔히 이상적인 남성의 우선 조건으로 따뜻함을 꼽는다. 따뜻함이란 사람의 마음을 안다는 것이다. 사람의 마음을 안다는 건 희로애락의 모든 것을 경험하지 않고서는 알 수 없는 일이다.

어떤 의사가 암에 걸려서 수술을 받았다. 그때 처음으로 병인의 처절한 마음을 알았다. 그때까지 자기가 갖고 있던 환자에 대한 따뜻함은 의사로서의 직업적인 따뜻함에 지나지 않았음을 알았다고 얘기하는 걸 어디선가 읽은 기억이 있다.

사람의 좋고 싫음의 차이는 궁합이라고 생각한다. 심지어는 음식에도 궁합이 있듯이 각자에게 맞는 사람이 있다. 궁합이 맞지 않는다는 말은 감수성이 다르다는 얘기다.

많은 사람에게 인기가 있는 사람은 일반적인 경향의 감정을 갖고 있는 사람이 아닌가 생각한다.

개성이 강한 사람은 사람들로부터 호감도를 갖는 확률이 낮을지도 모른다. 그러나 그렇다고 해서 그 개성을 죽이고 사람들에게 인기를 얻으려고 노력하지 않으면 안된다고는 생각하지는 않는다. 인기를 얻으려고 불필요한 노력을 해서 지쳐 버리는 사람도 있다.

　그런 사람들을 볼 때마다 '있는 그대로가 좋아요. 당신의 그대로가. 인생 경험을 소중히 여기면서 산다면 자연히 매력이 갖춰지게 되는 것'이라고 얘기해 주고 싶다.

# 글에 대한 이야기①

사전을 찾아보면 수필이란 '일정한 형식이 없이 체험이나 감상, 의견 따위를 생각나는 대로 자유롭게 적는 글'이라고 되어 있다.

우선 수필은 모르는 것은 쓸 수가 없다. 체험하지 않은 감각이나 본 일도 없고 들은 적도 없는 것에 대해서는 쓸 수가 없다는 얘기다.

소설은 구성에 의해 써내려가던 부분을 다시 쓰면 되지만 수필은 짧다 하더라도 완전히 다른 테마를 써야 하기 때문에 하루에 두세 개씩을 쓴다는 일은 나에게는 무리다.

직업적으로 글을 쓰게 된 이후 내가 느낀 점은 독서가 위험하다는 생각이 들었다.

왜냐하면 그때그때 읽은 책에 따라서 잠시 동안(일시적이지만) 우선 문체가 변하기 때문이다. 나중에는 결국 원위치로 돌아오지만 그렇게 돌아오는 데 이삼일은 걸린다. 모방이 아니라 얼룩이 생긴다는 얘기다.

글은 조금씩이라도 매일 써야 한다. 어쩌다 일주일쯤 놀고 나면 펜을 들기가 괴롭다. 책상 앞에 앉는 것도 그렇고.

에세이라는 말이 몽테뉴가 쓴 작품에서 유래했다는 일은 누구나 다 알고 있다.

타이틀 〈Les Essai〉이다. 에세이가 복수가 되어 정관사가 붙어 있으니까 '에세이를 모은 것'이라는 뉘앙스일 게다.

그러면 에세이란 무엇인가?

프랑스의 TV에서 럭비 시합을 보고 있으면 트라이(럭비에서 상대편의 골선대의 땅에 공을 대기)가 결정됐을 때 '엣─세'라고 아나운서가 소리친다.

다시 말해서 에세이와 영어의 트라이(Try)와 같은 것으로 '시도해 본다', '시험하다'라는 의미의 말이다.(럭비의 경우 트라이는 골킥을 시도하는 권리를 얻지만.)

몽테뉴가 쓴 것은 철학적인 사실이긴 했지만 정확히 구성된 논고가 아니라 잡다한 테마를 폭넓게 가끔 자신의 습관이나 일상의 일들을 포함해서 발상에 의해서 써내려가는 형식을 취하고 있다.

문제를 설정하고 그것에 대해서 사색을 깊게 해 나가지만 결코 결론을 구하는 게 목적이 아니다. 거기에 도달하는 과정을 여러 가지의 방향에서 고찰을 시도하고 자신의 감각이나 지성을 검증하는 것이 중요하다.

그런 의미에서 그는 에세이라는 말을 사용했을 것이다.

발음 essai는 에세— 또는 엣세에 가깝고 영어 essay는 엣세이에 가깝다. 한국어 표기는 에세이이다.

가끔씩 내게 수필작법에 대해서 얘기해 달라는 부탁을 받을 때가 있다.

그러나 내게는 수필을 가르칠 만한 재능도 체험도 없다. 오히려 그런 법이 있다면 배우고 싶은 심정이다.

어쩌다 강의를 맡아서 할 때도 생각 같아서는 다 팽개치고 빨리 집에 가서 옷 갈아입고 커피 마시며 추리소설이라도 읽는 저녁을 보내고 싶은 심정이다. 그만큼 두렵다는 얘기다.

그러나 한편 수필을 쓰는 사람이기 때문에 이 체험도 언젠가는 나의 한 몫이 될 거라는 계산이 있어서 분발하고 있는지도 모르겠다.

그 많은 직업 중에 하필 글을 쓰는 직업을, 그것도 마흔 둘에 가졌는가 하면, 작가는 정년이 없어서 좋다고 생각했기 때문이다.

그래서 결국 수필이면 어떻고 에세이면 어떤가? 사람들은 그것을 구분하고 명확히 하려는 데 주력하지만 나는 상관없다. 어차피 수필이든 에세이든 글은 그 사람이기 때문이다.

# 글에 대한 이야기②


쓰고 싶지 않은 테마를, 쓰고 싶지 않은 형식으로 써야 한다면 좋은 문장을 쓸 수 없다.

또 단순히 문장을 쓰고 싶다, 잘 쓰고 싶다는 동기만으로 문장을 쓰는 일도 형식적인 작문은 될지 모르지만 그저 그것으로 끝날 뿐이다. 문장을 쓰는 일이 오직 좋다는 이유만으로는 부족하다는 얘기다.

자신의 내면을 응시하지 않고 쓰는 문장은 읽는 사람의 마음을 끌어들이지 못한다.

말하자면 어떻게 쓸 것인가는 쓰고 싶은 무엇인가가 있어서 발생하는 문제이기 때문이다.

무엇인가가 자기 속에 있다는 얘기다.

쓰고 싶은 무엇인가를 자기 속에서 두고 손질하고 그것을 누군가에게 전달하기 위해 표현을 닦는 것이 문장수업이다.

애매모호한 문장은 체험하지 않은 일을 쓸 때 나타나기 쉽다. 체험한 일이라도 보는 방법이나 생각하는 방법이 모아져 있지 않으면 애매모호한 표현이 된다. 자기가 이해하지 못하는 일을 억지로 맞추어 쓰려고 하면 애매모호한 어려운 문장이 되고 만다.

'머리가 나쁜 사람일수록 어려운 문장을 쓴다'는 말이 있다. 테마를 명확히 하고, 주어와 술어를 확실히 해서 쓰는 연습을 해야 한다. 읽는 쪽에게 해설을 필요로 하는 태만한 문장은 그것으로 인정받을 수 없기 때문이다.

배려와 읽는 쪽에 아첨하는 것과는 종이 한 장 차이라는 점에 주의해야 한다. 재미있게 읽혀지기 위해서는 아무래도 서비스 정신을 빼놓을 수 없다. 그러나 아무리 알기 쉬운 내용이라도 읽는 쪽이 흥미를 가져주지 않으면 문장은 빛을 읽고 만다.

억지로 강요하는 문장의 특징은 감정이 우선이고 보는 각도가 흔히 있는 것이라든가 획일적인 경우다.

열등감을 이용해서 감동적인 문장을 쓰고 있는 작가도 많다. 그렇지만 고통이나 슬픔의 강요가 되지 않도록 표현을 다소 억눌러서 써야 할 필요도 있다.

말하는 것처럼 어깨에 힘을 주지 않고 쓰는 일, 그것도 유용한 일이기는 하지만 문장의 리듬과 언어가 있는 점을 부정할 수 없다.

말하는 것과는 달리 호흡을, 쓰는 일에 의해 습득하지 않으면 좋은 문장을 쓸 수 없다.

쓴다는 행위에 연습하지 않고 문장을 통달하는 법이란 없다. 그 연습을 기승전결이라는 작문의 형식을 몸에 익히는 데뿐만이 아니라 자기가 쓰고 싶은 것을 자신의 언어로 표현하기 위한 노력이라고 할 수 있다.

그 기본은 솔직하게 쓰는 일, 그러니까 쓰기 위한 솔직함을 요구받는다.

문장 표현에 세심하기 위해서는 일상 쓰는 말에도 자기 나름대로의 언어에 연연할 필요가 있다.

말하는 언어에 대해선 무신경하게 있으면서 문장의 언어에만 세심하게 신경을 쓰라는 얘기는 있을 수 없다.

특이하고 신선미 있는 언어만 선택해서 쓰지 않더라도 자신의 언어로 솔직하게 쓰고 있으면 무리없이 읽는 쪽에서 그 문장에 빠져들게 돼 있다.

문장의 프로패셔널은 수사나 설명을 더하는 대신에 생략에 더 중점을 둔다. 한 발의 표현으로 결판을 지으려고 노력한다.

묘사에 부족한 점이 있다고 하면 다 쓰지 못한 게 아니라 필살(必殺)의 한마디가 없는 데 있다.

자신의 문체를 찾지 못할 때는 좋아하는 작가의 문장을 흉내내 보는 것도 좋다. 그것은 하나의 방법으로서 유효한

데 흉내내는 작품은 현대의 작품보다 고전이 좋다. 문장의 리듬이나 숨결을 느껴 보는 일도 중요하기 때문이다. 또 '그래서, 그러나, 그렇지만' 등의 접속사를 쓰지 않아도 문장은 이어진다. 접속사는 효과적으로 쓰면 문장을 빛나게 하지만 쉽지 않은 일이다. 접속사를 쓰지 않으면 문장이 이어지지 않을 것 같다는 생각을 누구나 한두 번쯤은 해 봤을 것이다.

언어를 선택하는 데는 두 종류가 있다. 하나는 쓰고 싶은 것을 표현하는 말이 너무 많아서 어떤 것을 선택하면 좋을까 하는 일에 고심하는 경우이고, 또 하나는 언어의 선택에 있어 정확한 말이 떠오르지 않아 고생하는 경우이다. 후자의 경우는 더 다른 각도의 느낌이나 생각이 없을까 하는 훈련이 필요하다.

예를 들어 꽃을 묘사한다고 하면 직접적으로 꽃이 있다고 쓰지 말고 그 주변의 꽃이 아닌 것 모두를 써서 꽃을 떠오르게 쓰는 방법이다.

그렇게 할 수 있었으면 하는 게 나의 꿈이다.

# 떠버리 남자

모든 인간관계가 대화가 없어서 헤어지고 이상하게 되어
버리는 경우는 있어도 떠벌려서 이상해지는 관계는 적다.
그것은 언어라는 것을 알아 버린 인간의 숙명 같은 것이다.

과묵한 남자, 말없는 남자보다는 떠버리 남자가 좋다.

생각해 보면 내가 좋아했던 남자들은 거의 떠버리였다. 과묵한 남자는 없었다. 서로 떠벌리고 싸우고 다시 화해하고 그런 식이었다.

적어도 내가 자라온 세대는 떠벌리는 남자는 평판이 나빴다. 여자 같다든가 여자보다 못하다든가 하는 식으로. 그럼에도 불구하고 나는 떠버리 남자를 친구로 삼아서 나도 열심히 떠벌렸다.

서로 말을 많이 한다는 행위에는 그 얘기의 내용은 달리 두고라도 크든 작든 상대와 의사소통을 하려고 하는 노력이 보인다. 침묵으로, 상대를 보고 있는 것만으로 상대의 모든 것을 안다고 생각하는 일은 풋내기 연애에 현실감을 뺀 구름 잡는 생각에 불과하다. 나는 그렇게 생각한다. 어

220

른이라면 그런 관계는 오래 지속될 수가 없다.

말은 하지 않으면 모른다. 통하지 않는다. 그것은 언어라는 것을 알아 버린 인간의 숙명 같은 것이다.

어려서부터 그런 결론을 빨리 낸 탓인지 나의 남자친구는 모두 떠버리였다. 문학이 어떻고 영화가 어떻고. 여자란 이렇고 남자란 저렇고 하면서 끝도 없이 떠벌렸다.

특별히 나에게 잘 보이기 위해서 떠벌리고 웃기고 농담하는 게 아니라, 느낀 것, 생각한 것을 언제 어디서든 떠벌렸다. 내가 상대와 전혀 말하고 싶은 기분이 아닐 때조차도.

결국 여자와 남자의 관계를 비롯해서 모든 인간관계가 대화가 없어서 헤어지고 이상하게 되어 버리는 경우는 있어도 떠벌려서 이상해지는 관계는 적다. 왜인가? 과묵함으로써 오해가 생기는 것은 소음 정도이기 때문일까?

아무튼 나이가 들면서도 더욱더 상대가 떠버리 남자였으면 좋겠다는 생각이 든다. 그러면 이쪽은 가만히 있어도 될 테니까.

나의 어머니가 살아 계셨을 때, 야단쳐도 칭찬해도 오직 묵묵부답인 과묵한 남동생에게 '저 속엔 무슨 구렁이가 들어 있는지 모르겠다'고 하시던 생각이 난다.

대화를 해라. 대화로 풀어 나가라는 얘기를 가정상담 부부상담 TV프로에 고명하신 분들이 나와서 어드바이스를 한

다. 얼마나 한국 남자들이 말이 없으면 저럴까 하는 생각이
든다. 말이 없다는 것은 자신이 없다는 것과 무관심하다는
면이 전혀 없지는 않다.

그리고 보니까 20년을 넘는 나의 남자 친구들은 모두 떠
버리다. 떠버리 남자가 좋다, 나는.

# 우울한 날엔

불안과 긴장과 자신의 능력 부족을 혐오하면서 그 반복에
의해 써지는 것이 글이 아닌가 하고 생각해 볼 때도 있다.

작가라는 것은 고독한 직업이라는 생각이 든다. 가수나
무대 배우들처럼 직접적, 관능적 반응을 즉석에서 얻을 수
도 없고, 박수든 비판이든 몇 주일 몇 개월이 지난 후에라
도 있으면 다행이고 대개의 경우는 침묵뿐이다.

가끔 친구가 '넌 참 편한 직업을 가졌다'고 부러워한다.
자고 싶을 때 자고 시간 맞춰서 출근한다고 허둥대지 않아
도 된다고.

그렇게 보면 그렇지만 글쓰는 직업이 괴로움이 없는 것
은 아니다.

원고 마감이 가까워질 때마다 무엇을 쓸까 하는 생각만
하면 정신상태가 불안정해진다. 자신의 무능함을 느끼게 되
고 지독히 공격적이 된다.

신경이 날카로워지면 위통이 생기고 등어리도 아프다. 다
시 한번 자신의 무능함에 혐오감을 느끼면서 그러다가 겨

우 실마리가 잡혀서 쓰게 되는 과정이 나에게 있어서는 고행이다.

불안과 긴장과 자신의 능력 부족을 혐오하면서 그 반복에 의해 써지는 게 글이 아닌가 하고 생각해 볼 때도 있다. 매번 시험을 보는 것처럼. 글을 쓰는 일에 백점이야 없지만 그렇다고 50점도 안 된다. 그 이상의 점수를 따야 하고 못해도 이해해 주는 세계가 아니다. 글을 쓰는 이 세계는.

흔히 사람들은 말한다. 라이벌이 나다니는 것을 두려워하는 것은 아니냐고. 넓은 의미에서 작가에게는 라이벌이란 없다. 같은 테마를 쓴다 해도 쓰는 사람의 개성에 따라서 그 내용이 천차만별이기 때문이다.

그 동안 몇 권의 단행본을 내면서 나는 나의 남편, 남자 친구들, 형제, 부모, 연인들까지 전부 도마질을 해댔다. 내 마음대로. 그들의 한마디 허락도 없이. 그러니까 그 깊은 잘못을 사죄해야 한다는 의미에서라도 글을 쓰는 직업은 고행일 수밖에 없다.

영광은 잠시고 고통의 시간은 길었다는 전직 대통령의 말처럼 등단의 기쁨은 짧고 고행의 연속뿐이다. 오늘처럼 글을 한 줄도 쓸 수 없어서 우울한 날엔 그런 생각이 든다.

# 오월에 쓰는 편지

'어머니! 당신이 너무도 보고 싶습니다' 하고 벚꽃 흐드러진
거리에서 나는 가슴속에 그렇게 쓰고 있었다.

어렸을 적 내가 살던 집 뜰에는 아주 크고 오래 된 벚나
무가 한 그루 있었다. 보통때는 늙고 병든 나무처럼 보이는
데 봄이 되면 청춘으로 되살아나곤 했다. 볼만하게 꽃을 피
워 초라한 우리집 뜰을 화려하게 장식해 주었다.

그때만 해도 철철이 집집마다 울타리 너머로 해바라기도
보이고 목련도 보이고 키 큰 칸나도 보이고 줄장미도 보였
다. 그런데 유독 우리집 뜰에만 벚나무가 있었다.

벚꽃이 피는 기간은 짧아서 활짝 피고 나서 일주일이면
져버린다. 어쩌다 봄비라도 하룻밤 내리고 나면 뒤뜰은 물
론 동네 어귀까지 젖은 꽃잎이 나뒹굴었다.

그런 것이 지저분하고 어수선하다고 짜증을 내는 동네
할아버지도 계셨다.

바람이 불면 눈송이처럼 흩날리던 벚꽃의 아름다움도, 비
에 젖어 떨어진 꽃잎의 눅눅함도 어린 나의 마음을 아프게

했다.

어느 해인가 길이 넓혀지고 구획 정리가 되면서 우리 동네의 집들을 다 뜯게 되었다.

학교에서 돌아온 나는 깜짝 놀랐다. 집이 허물어진 것은 물론 그 벚나무마저 잘려 없어졌다.

나는 발을 동동 구르며 울었다. 아무리 울고불고해도 소용없는 것은 없는 것이었다.

그 벚나무는 누가 뭐라고 해도 나의 자랑이었다. 초라한 초가집인데 봄만 되면 벚꽃 때문에 난 폼을 잡을 수 있었으니까. 온 동네에 자랑하고 심지어는 이웃 동네까지 자랑을 하고 다녔다. 봄을 가르쳐 주고 아름다움을 가르쳐 준 그런 나무였다.

웬만한 것은 대개 포기하면서 살아가지만 그 벚나무만큼은 오랜 세월 그럴 수가 없었다. 아름다웠던 기억과 함께.

허물어진 집과 벚나무를 베어낸 우리집 터에 중앙로가 만들어졌다. 빌딩이 서고 밤이면 네온이 켜졌다. 그 거리에서 왠지 외로웠다.

봄이 되면 차를 타고 여기저기를 다녀 봤다. 행여 어디엔가 벚꽃이 피어 있을까 하고.

몇 년 전부터 전농로에 봄이면 벚꽃이 흐드러지게 핀다는 것을 알았다. 나는 설레는 마음으로 달려 나갔다. 추억 때문에 휘청거리는 다리를 가누기 어려워 사랑하는 사람에게 전화를 했다. 벚꽃 핀 전농로로 나와 달라고. 그러나 그 거리에서 역시 나는 외로웠다.

나의 어머니도 벚꽃을 무척 좋아하셨다. 우리집 뜰에 있던 벚나무가 꽃을 피우면 '참 아름답지' 하고 몇 번이고 내게 물으셨다. 그리고 비에 젖어 떨어진 꽃잎을 언제나 아쉬운 듯 쓸어 모으셨다. 때로는 한숨을 길게 내쉬시면서.

어머니의 한숨을 헤아릴 나이가 된 나는 요즘 무척 어머니가 그립다.

천국에 계신 어머니께 전화를 걸어 '어머니가 좋아하시는 벚꽃이 너무 아름답습니다. 꽃구경 오세요' 하는 그 한마디를 할 수 없음에 가슴이 시리다.

'어머니, 당신이 너무도 보고 싶습니다' 하고 벚꽃 흐드러진 거리에서 나는 가슴속에 그렇게 쓰고 있었다.

# 이 가을엔 책을

책을 읽는 기본은 원래 자신의 마음을 풍부하게 하고 저자
의 인생관을 자기 나름대로 받아들이고 인생의 폭을 넓혀
가는 데 있다. 거기에 독서의 효용이 존재한다.

나폴레옹은 아홉 살에 코르시카섬을 떠나서 파리로 갔다. 공부하기 위해서였다. 그리고 스물여덟까지 수면 시간 네 시간인 생활을 했다.

나머지 스무 시간은 무엇을 했는가 하면 한결같이 책을 읽었다.

그의 정략, 정치력, 군사력, 지도력, 그 모두가 독서에서 출발했다. 그리고 그의 인격의 대부분도 독서에 의해서 만들어졌다고 한다.

책을 읽는 기쁨은 원래 자신의 마음을 풍부하게 하고 저자의 인생관을 자기 나름대로 받아들이고 인생의 폭을 넓혀 가는 데 있다. 거기에 독서의 효용이 존재한다. 여행에 대한 책을 읽으면 집에 있으면서 명소를 알게 되고 가 본 일이 없지만 아름다운 풍경을 상상하고 가 본 것 같은 마음이 들기 때문이다.

그처럼 독서는 사고의 공간을 넓혀 준다. 또 문자문명의 커다란 특징인 읽어 가면서 이미지가 번져 가는 것이다.

예를 들어 영화나 TV라면 악인이 나타나면 그냥 악인의 얼굴이 보이기 때문에 악인의 얼굴을 상상할 수가 없다.

그러나 책 속에 등장하는 악인은 도대체 어떤 얼굴을 하고 있을까 하는 상상이 가능하다는 얘기다.

다시 말해서 독서의 묘미는 이미지를 넓혀 가고 그것을 자신의 것으로 만들어 가는 데 있다.

그렇게 하기 위해서는 필요한 책만을 읽겠다는 고집을 버리고 닥치는 대로 읽는 난독도 나쁘지는 않다는 생각을 요즈음 해 본다.

헛됨도 때로는 필요하다.

독서의 헛됨은 장래에 결코 헛됨이 되지 않는다. 언젠가 반드시 도움이 된다. 1년 후일 수도 있고 30년 후, 50년 후일 수도 있다.

나는 여고생이었을 때 읽었던 《바람과 함께 사라지다》의 감동이 지금도 있다. 그 감동이 때로는 나의 인생관을 세우는 데 도움이 되기도 하고 삶의 테마가 되기도 한다.

지적 욕구를 가지고 책을 읽으면 그 책은 언젠가 도움이 된다. 결과가 나타났을 때 하나를 얻었다는 느낌도 든다.

그것이 책을 읽는 기쁨이기도 하다.

# 운이라는 것

운은 노력보다 앞에 있는 것이고 그것을 손에 넣을 수
있는 방법은 오직 하나 노력뿐이다.

정치를 봐도 경제를 봐도 내일을 알 수 없는 시대에 살
고 있는 때문인지 운수를 점쳐 보는 일이 많아졌다.

나도 점(占)보는 걸 좋아한다. 그리고 운이라는 존재를
부정하지도 않는다. 있다고 생각한다. 노력한 만큼의 성과
가 반드시 나타나는 인생이라면 얼마나 편할까. 노력에 성
과가 비례하지 않으니까 괴롭다.

예를 들어 작가가 밤낮을 가리지 않고 몇 개월 동안 수
천 장의 원고를 썼다고 해서 인기 작가가 되는 것도 아니
고 책이 불티나게 팔리는 것도 아니다.

성과는 노력에 비례하지 않는다. 그것이 현실이다. 그래
서 운이라는 것에 궁금증을 가져 보는지도 모른다.

여태껏 살아온 나의 인생을 되돌아보면 운이 좋았다고
생각되는 일도 한두 번은 있었다. 그러나 운만을 믿고 마냥
게으름을 피우며 지냈던 적은 없다.

나름대로 노력해 왔다는 자만은 있다. 성공해도 실패해도 모두 나 자신에게 있다고 느껴졌으니까.

가끔씩 '만일 내가 다른 일을 했다면, 다른 집에 산다면, 다른 남자를 만났다면 지금보다 훨씬 행복하지 않을까, 더 만족한 생활을 하고 있지 않았을까' 하고 생각해 볼 때가 있다.

그러나 모든 일을 나쁜 쪽으로 해석하는 버릇, 열 잘 받는 불 같은 성격, 투덜거리고 없는 것만 들춰내어 우울해 하는 마음, 노력하지 않고 요행만을 바라는 자세, 그런 습관들이 있는 한 어디를 가도 마찬가지다. 어떤 인생을 산다 해도 행운과는 거리가 멀다.

인생도 자동차처럼 안에서 밖을 향해 운전하는 것이다. 가고 싶은 곳, 가야 할 곳을 자신이 정하고 가야 한다. 험하고 고된 길을 가다 어쩌다 아름다운 무지개라도 보면 그것이 운이다. 행운이다.

운에 관해서 나는 이런 생각이 든다. 운은 노력보다 앞에 있는 것이고 그것을 손에 넣을 수 있는 방법은 오직 하나 노력뿐이라고. 매사를 운, 불운으로만 생각하고 노력을 게을리하는 사람에게는 거리가 먼 얘기다.

우연히 무지개를 보듯이 운은 우리 인생에서 여분의 소득이라고 생각하면 된다.

# 톱의 조건

수라장을 극복할 수 있는 톱의 조건은 인간이 바라고 있는
근본적인 것, 즉 자율, 경쟁, 질서, 풍요로움을 근본에 두고
하는 의사결정과 우수한 부하를 두고 그들의 우수한 점을
살릴 수 있어야 한다.

경영이든 정치든 그 어떤 분야에서든 가장 높은 자리에
있는 사람의 직무는 의사결정이다. 그것이 어렵다는 건 말
할 필요도 없다. 의사결정에는 판단이 필요하고 판단은 위
험이 뒤따르기 때문이다. 보통때는 그렇다 하더라도 수라장
이 되었을 때의 의사결정이나 판단은 그만큼 중요하기 때
문에 더욱 어려운 것이다.

레이건 미국 전 대통령은 내가 존경하는 사람 중 한 사
람이다. 그는 수라장에서 그의 판단력과 의사결정을 확실하
게 보여줬던 지도자였기 때문이다.

1965년 이후 미국은 국력이 저하되고 생산성이 떨어지고
범죄가 늘고 이혼율도 높았다. 그야말로 사회가 불안정하고
불황이 계속되었다. 그런 상황에서 레이건은 대통령 취임
후 반대 여론을 과감하게 뿌리치고 단호하게 그의 정책을
내놓았다.

그는 인플레율 이상의 고금리 정책을 내놓았고 그로 인해 기업의 자조 노력, 합리와 노력을 만들어 인플레를 억제하는 데 성공했다. 또 작은 정부를 만들었다. 정부의 권한을 대폭 축소시켰다. 공공요금 자유화를 포함해서 기업, 개인의 경쟁의 자유화 정책과 약자에 대한 지나친 보호도 폐지시켰다. 일할 수 있는 육체와 능력을 갖고 있으면서 제대로 일하지 않는 사람은 먹을 필요가 없다는 정책으로 무조건적인 사회복지 정책에 대해서도 일침을 가했다.

그럼으로써 미국은 국가나 타인에 의지하는 것으로부터 완전히 탈피할 수 있는 국민이 되었다. 또 강력한 소득 감세와 투자 감세로 인한 소비 부활로 경영의 활기를 찾고 샐러리맨과 기업인이 하면 된다는 신념을 갖게 되었다. 젊은이들도 새로운 마음가짐을 위해 머리를 자르고 근면과 불타는 학구심을 되찾았다.

그 외에도 구체적인 정책이 여러 가지 있지만 아무튼 레이건의 그런 정책에 의해 미국인은 자신감을 회복하고 십여 년이 넘는 호황을 줄곧 누리고 있음을 부인할 수 없다.

수라장을 극복할 수 있는 톱의 조건은 인간이 바라고 있는 근본적인 것, 다시 말해 자유, 경쟁, 질서, 풍요로움을 근본에 두고 하는 의사결정과 우수한 부하를 두고 그들의 우수한 점을 살릴 수 있어야 한다는 생각이 든다.

# 거의 백치

'당신에게 있어서 돈은 무엇입니까?' '비오는 날에 버스가
올 때까지 기다리지 않아도 되는 것이지요' -프랑소와즈 사
강-

대학 다니던 시절 비가 오는 추운 날, 버스를 기다리는
일은 괴로웠다. 우산을 써도 어깨가 젖고 발이 시려 왔다.

버스가 시간을 맞춰 오는 경우는 거의 없고 버스정류소
에 제대로 세우는 일도 드물었다. 저만큼 멀리 세우면 필사
의 힘으로 달려가서 타야 했다. 추운데 비 맞고 기다린 보
람도 없이 못 탈 때도 있었다. 무정하게 횡하니 떠나 버린
버스를 향해 저주도 하고 서럽기도 했다.

배는 고프고 추워서 택시를 잡고 싶은데 돈이 없었다. 그
럴 땐 내가 부잣집에 태어났으면, 아주 부자였으면 하는 생
각을 간혹 해 봤다.

그런 어느 날 '당신에게 있어서 돈은 무엇입니까?' 하는
인터뷰에 프랑소와즈 사강은, '비오는 날에 버스가 올 때까
지 기다리지 않아도 되는 것'이라고 대답한 것을 어느 잡지
에서 봤다. 의미 있는 그 대답에 그렇다고 나도 깊게 공감

234

했던 기억이 있다.

솔직히 지금도 나는 가끔씩 부자였으면 하는 생각을 안 해 보는 건 아니다. 훌륭한 저택에 고급 별장, 보석에, 모피에 하는 식으로.

그러나 잠시뿐이다. 금세 흐지부지하고 만다. 돈이 없으면 곤란한 것은 사실이지만 그 걱정도 금세 잊어버린다. 한마디로 내게는 금전에 대한 현실감이 없다.

노후대책이라고 해서 주위에서 준비를 하니까 나도 은근히 걱정이 돼서 보험이다 연금이다 하며 남들처럼 들었다.

그러나 내용에 관해서는 무지다. 대체 보험이라는 것이 어떤 역할을 하는지 아직 충분히 이해가 안 되는 사람이다.

노후대책을 위한 적금에 관해 설명을 들었다. 신상품인데 다른 어떤 것보다도 연이율이 몇 프로나 높다는 것이다. 장기적으로 할 경우는 단기간보다 몇 프로가 이익이고 중간 해약도 가능하나 그럴 경우 몇 프로가 손해이고 등등.

말뜻은 대강 알아듣는다 치지만 몇 프로 하며 숫자가 나오니까 골이 지끈거렸다. 듣고 있는데 가슴이 답답하고 헛구역질이 날 지경이었다.

고교시절 수학 시간은 공포의 시간이었다. 정말 괴롭고 싫은 시간이었다.

나의 두뇌는 전혀 수학적으로 되어 있지 않은 모양이다.

지금은 글을 쓰는 일을 하니까 수학적 두뇌를 갖고 있지 않아도 되는 직업이다.

나는 사백 자 원고지를 쓰는데 이백 자 원고지로 10장이라든가 열다섯 장이라는 주문이 있을 때, 그것은 반으로 계산하면 되니까 그 정도는 나도 이해가 가능하다.

그런데 때때로 '삼천 자 정도로 부탁합니다' 하는 식의 의뢰가 있을 때는 허둥지둥하고 만다.

"뭐라구요? 삼천 자요?"

"네. 이백 자 원고지 열다섯 장입니다."

그렇다면 처음부터 그렇게 말해 주면 좋을 걸 괜히 놀랐다는 생각으로 안도의 한숨이 나온다.

나는 내 책의 인세가 몇 프로니까 얼마이고 하는 식의 계산도 못한다. 통장에 인세가 들어오고 여기저기서 원고료가 들어오지만 돈이 얼마 남아 있는지 하는 것도 모른다.

나의 사고는 도대체 수학적인 응용이 들질 않는다. 거의 백치에 가깝다.

나 같은 여자는 누구에게 폐를 끼치지 않으려면 혼자 살아가는 방법 외에는 없을 것 같다는 생각을 해 본다.

# 꽃잎 하나

만남의 순간에 슬플 만큼 가슴이 두근거리는 것은 헤어져
야 하는 걸 알기 때문이다.

사람은 누구나 자기의 고향의 봄이 가장 아름답다고 생
각한다. 나 역시도 그렇다.

지난 봄이었다. 책상 앞에 앉아서 없는 지혜를 짜내려고
악전고투하고 있었다. 이따금씩 봄바람이 유리창을 두들기
고 지나가는 소리에 창 쪽으로 눈을 돌렸다. 그때 어디서
날아왔는지 벚꽃의 엷은 핑크빛 꽃잎 하나가 몸을 비틀듯
춤을 추듯 떨어지며 유리창에 붙었다.

내가 살고 있는 집 근처에는 벚꽃이 없는데, 있다고 하면
조금 떨어진 곳에 있는 공원에 한 그루 있을 뿐이다. 아마
그 공원에 있는 벚꽃의 꽃잎인지도 모른다는 생각을 했다.
아니면 장난스런 바람이 아주 멀리 있는 것을 여기까지 데
려왔을지도 모른다. 꽃잎에게 물어볼 수도 없으니 궁금하지
만 앙징스런 그 모습에 나는 마음을 빼앗겼다. 겨우 꽃잎
하나 때문에 나는 연필을 집어 던졌다. 벚꽃의 아름다움을

보고 싶었다. 책상 앞에 앉아 있노라고 아름다운 구경을 놓칠 뻔했다. 내가 너무도 좋아하는 봄의 냄새마저도. 어차피 종일 앉아 있어야 한 줄도 쓰지 못하는 원고라면 빨리 포기하고 꽃구경을 하는 편이 훨씬 정신건강에 좋다는 생각이 들었다. 얼른 옷을 갈아입고 집을 나섰다. 목적지는 선흘. 다른 벚꽃의 명소를 모르기 때문에 선흘의 벚꽃이 가장 아름답다고 믿어 의심치 않는 단순함이 내게는 있다. 작년에도 그 전해에도 혼자서 벚꽃 구경을 선흘에서 했다. 몇 그루 안 되는 벚꽃이 모두 활짝 피었다. 단 하루만 늦었어도 지고 말았을 것처럼.

나는 벚꽃의 아름다움에 압도당했다. 시간 가는 줄도 모르고 벚꽃을 보고 또 즐겼다. 차분하고 조용하고 깊고, 그런가 하면 화려함과 청결함이 있고 그래서 슬픔을 느끼게 하는 독특한 풍경. 언젠가는 그 조용함과 화려함과 아름다움이 바람에 흩어지고 길바닥에 나뒹굴며 그 모습을 감춰버리는 날이 멀지않아 다가온다는 생각에 가슴이 아팠다.

나는 이 꽃을 만나기 위해서 여기에 있다는 생각에 왠지 가슴이 뭉클했다. 이 벚나무와 만나기 위해서. 내 방 유리창을 두들긴 꽃잎 하나가 나를 여기까지 오게 했구나. 그것은 여기에 이렇게 아름답게 꽃이 피어 있다는 것을 내게 알려 주기 위한 것임에 틀림이 없다는 생각을 했다.

시간이 꽤 흘렀는지 주위가 엷게 어두워져 있었다. 나는 돌아갈 채비를 했다. 만남의 순간에 슬플 만큼 가슴이 두근 거리는 것은 이렇게 헤어져야 하는 걸 알기 때문이다. 사람 과의 만남도 그렇다. 처음 만났을 때부터 헤어지는 것이 슬 프게 느껴지는 사람과의 만남도 있다. 그런 사람과의 갖는 시간의 즐거움, 귀중함, 애달픔, 그런 것인지도 모른다. 내 가 꽃구경 온 이곳도 그런 만남과 같다.

자동차의 시동을 걸며 내년에도 다시 오리라는 다짐을 했다. 그리고 문득 나는 살아 있는 동안 이렇게 아름다운 고향의 봄을 과연 몇 번 더 볼 수 있고 느낄 수 있을까 하 는 생각을 해 봤다.

# 변했다고 하지만

보다 지적이 된다는 것은 단순함을 버린다는 말과 같
다.

어렸을 적 읽었던 소설은 선인과 악인의 구별이 뚜렷했
다. 선인과 악인에 의해 구성되고 선인은 악인에게 괴롭힘
을 당하지만 최후에는 선인이 이기고 악인은 달아나든지
개심(改心)된다는 얘기가 많았다.

선인이 악인이 되는 소설은 없었다. 우리들이 소설을 읽
는 즐거움은 선인이 얼마나 악인에게 이기는가 하는 것에
있었다. 악인이 선인에게 이겨서는 안 되었다. 그것은 작가
와 독자와의 암묵의 약속이었다.

그때의 일반 대중은 어른도 아이도 단순하고 소박했기
때문에 선인이 악인에게 괴롭힘을 당하는 장면에서는 아이
들뿐만 아니라 어른들 중에서도 울고 화를 내는 사람도 있
었다.

당시의 대중은 마음 속에서 정의를 사랑했다. 악은 소멸
되고 선이 자라지 않으면 용서하지 않았다. 그러나 현실의
사회는 반드시 그렇지만은 않았다. 그렇지 않았기 때문에

240

연극이나 소설로 악이 허물어지면 갈채를 보냈던 것이다.

지금은 아무리 생각해도 선인과 악인의 구별이 확실하지 않다. 그래서 사람이나 모든 일을 겉뿐 아니라 속까지도 들여다보고 의론하게 되었다.

예를 들어 아무개가 남의 물건을 훔치고 약한 사람을 괴롭히고 유부녀를 농락하고, 그런 나쁜 일을 했다고 해도 그 아무개에게 좋은 점이 있다고 반론하는 시대가 되었다.

예전 같으면 악인이라는 낙인을 찍는 일이 간단했다. 그러나 이제는 악인에게도 선의 요소가 있다는 것을 찾아내야 한다.

인간이라는 동물은 선인과 악인의 양방을 합쳐서 갖고 있다는 걸 아이들도 알게 되었다.

한국인은 단순함을 버렸다. 예전의 소설이 없어졌다. 세상을 놀라게 한 살인마도 강간, 사기, 절도라는 죄명을 가진 사람도 그의 유년시절부터 청년시절까지의 비참한 환경을 알면 그렇게 쉽게 악인이라는 말을 못하게 되었다.

무엇이 그를 그렇게 만들었는가? 가난함이다, 부모의 애정결핍이다, 사람들에게 사랑을 받지 못했다, 사회가 나쁘다, 냉정했다, 태어나서 처음 여자를 사랑했는데 그 여자한테 배신당했다….

그런 그의 배경을 생각해 보면 그는 악인이 아니라 불쌍한 피해자가 되어 있다. 그가 죄를 진 건 분명 말할 수 없는 나름대로의 이유가 있었다. 나쁜 것은 정치다, 사회다 하는 식이 되어 간다.

도대체 진짜 악인이란 어떤 사람인지 한번 보고 싶다는 생각이 들 때도 있다. 악인이 눈에 띄지 않지만 선인은 더 더욱 눈에 띄지 않기 때문이다.

요즘엔 선인은 없다고 단정지어서 말하는 사람도 있다. 선인도 악인도 없는, 악인이라고 생각하고 보면 선인이고 선인이라고 생각하고 보면 악인이다.

인간이란 그렇게 간단하게 구별할 수가 없는 것이라고 하지만 그렇다고 해서 모두 사이좋게 지낼 수 없는 것은 어째서일까?

권선징악이라든가 선과의 구별이 뚜렷한 소설도 이제는 거의 볼 수가 없다. 지금은 나쁘지만 얼마 없어 좋은 역할을 할지도 모르는 긴 안목으로 보려고 하기 때문인지도 모른다.

보다 지적이 된다는 것은 단순함을 버린다는 말과 같다.

그러나 어떻든 선악과의 기준은 자신의 양심 속에서 판단할 줄 아는 게 인간의 기본이라는 생각이 든다.

# 관능의 비

창부를 개심시키려던 선교사가 어느샌가 창부의 육체
에 빠지고 결국 스스로 목숨을 끊고 죽어 버리게 만든
것은 비였다.

장마가 시작되면 떠오르는 영상이 있다. 서머셋 모옴의
〈비〉라는 단편이다. 이 〈비〉의 무대가 되었던 남태평양의
사모아(Samoa)에 퍼부어 대는 비와 제주의 장마비를 왠지
나는 같이 떠올리게 된다. 그것은 대학 일학년 때 〈비〉라
는 작품을 읽은 뒤부터 생긴 버릇이다. 비뿐만이 아니라 태
양도 바람도, 이를테면 섬 특유의 환경이 복잡한 사고를 단
세포화시켜 버리는 데 대한 공감이 그런 생각을 하게 만들
었는지 모른다.

〈비〉를 쓰는 계기가 되었던 남태평양의 섬 사모아. 울고
싶도록 아름다운 풍광과 물을 퍼붓듯이 세차게 내리는 비.
그곳은 12월이 비가 많이 내리는 시기이다. 공교롭게도 서
머셋 모옴 일행을 태운 배가 파고파고(Pagopago)만에 들어
온 것도 그때였다.

창부를 개심시키려던 선교사가 어느샌가 창부의 육체에

빠지고 결국 스스로 목숨을 끊고 죽어 버린 곳이 파고파고 만이다.

그리고 선교사의 신심을 녹여 버리고 정신을 흐트러지게 해 버린 건 비였다. 누가 뭐라고 해도 사람을 광기로 만들어 버린 것은 비 때문이었다.

서머셋 모옴의 〈비〉라는 단편은 세계적으로 히트하고 세 번에 걸쳐 영화화되었다. 그런데 재미있는, 아니 의외의 사실은 창부의 실명을 그대로 사용해서 썼다는 점이다. 주인공 창부 사디 톰손은 모옴과 같은 배를 타고 사모아에 갔던 실존 인물이다. 물론 사디 톰손의 이름 외에도 실제 있었던 일을 그대로 묘사한 부분이 많다.

그러나 무엇인가 어딘가를 픽셔널하게 쓰려는 것이 작가의 본능이라면 있는 그대로 너무도 당당하게 썼다는 점에 대해서는 놀라움과 동시에 의문이 남는다.

서머셋 모옴은 놀라울 만큼의 단순함과 미스테리어스한 부분 양쪽을 다 갖고 있다.

작품과는 달리 그의 인생을 이해하기에는 어려움이 있다. 좋은 의미에서 통속성의 폭을 갖고 있는 그의 작품이지만 그의 인생은 여러 가지로 모르는 부분이 많다. 확실한 근거는 없지만 스파이였다는 설도 있다. 그러나 호모였다는 점은 틀리지 않은 것 같다. 〈달과 육펜스〉와 〈비〉를 쓰는 계기가 되었던 남태평양의 여행에도 남자 비서와 동행했다.

그가 모옴의 연인이었음은 감히 짐작할 수 있다.

대개 그런 남성은 비정치적, 비강권적이고 남성의 속성인 지배욕 같은 게 적은 사람이 대부분이다. 그리고 그런 점이 어쩌면 문학뿐만이 아니라 예술에 대한 자질로 나타나는 모양이다.

어떻든 호모였던 서머셋 모옴은 그리스도교를 무기로 강권적으로 남태평양의 섬들을 지배하려는 것에 일반(?) 남성들보다도 심하게 거부반응을 일으켰는지 모른다.

나는 이상하게도 장마철을 좋아한다. 오늘도 내일도 그 다음날도 한없이 퍼부어 대는 비가 좋다.

파고파고만 앞쪽에 서 있는 레인메이카 산에 구름이 끼고 몇 분 있으면 비가 내린다. 신의 약속처럼 그것이 지켜진다.

조금씩 내리다 억수같이 퍼부어 대는 비, 장마비는 이상한 마법의 힘을 갖고 있다. 빗속으로 뛰어들어 얼굴이랑 몸이랑 가슴속까지 젖어들게 맞고 있노라면 떠나 버린 남자에 대한 복수를 생각하게 된다.

내게 무관심한 남자의 관심을 끌고 싶은 관능을 느낀다. 창부의 육체에 의해 파멸되어 버린 선교사가 파고파고만에 몸을 던져 버릴 만큼의 관능을.

# 여자, 남자

나이 든 여자들이 산책하다 들꽃 몇 송이 꺾어 들고 식탁
위에 꽂아 놓는 것만으로도 마음이 밝아지는 광경은 쉽게 상
상이 간다. 그러나 나이 든 남자의 광경으로는 도무지 현실
감이 없다.

남자보다 여자가 인생의 고독이랑 시련을 받아들이는 방
법이 뛰어나다는 생각을 가끔 해 본다.

살다 보면 모든 것이 사면초과일 때가 한두 번쯤은 있다.
친했던 친구에게 배신당하고, 사랑하던 사람을 잃어버리고,
몸도 마음도 병들고. 그런 식의 시련은 누구에게든 있는 일
이지만, 그럴 때 여자는 대담하게 그 상황을 받아들인다.
처음에는 차마 볼 수 없을 만큼 슬퍼하지만 점차 강함을
발휘해서 잘 대처해 나간다.

나 역시도 지금까지 그런 과정을 거쳐서 마음의 평화를
되찾은 사람을 적지 않게 봐 왔다. 그런데 누구 하나도 절
망의 밑바닥에서 웃음을 되찾지 않은 사람은 없었다. 항간
에서 흔히 얘기하는 '여성은 강하다'는 말을 나는 실감한다.

예를 들어 사십대의 독신 남녀가 나름대로 도회의 맨션

에서 각각 한 사람씩 살고 있다고 하자. 두 사람 다 적은 봉급에 연인도 없고 사회적인 명성도 없다고 가정할 때, 그런 조건 속에서도 그 자체를 즐길 여유는 어느 쪽인가 하면 여자 쪽이 아닌가 한다.

혼자 사는 여자가 자신의 방에 돌아와서 잘 때까지 무엇을 할까 상상하면 두렵다고 말한 남자가 있다. 물론 두렵다는 표현은 신비라고 바꿔 생각하고 싶다.

불만은 있겠지만 아내랑 아이들에게 둘러싸여 평범한 생활을 하고 있는 남자에게 혼자 사는 여자는 일종의 위협적인 존재인지도 모른다. 정신의 강함에 있어서는.

나는 혼자 살고 있지만 적어도 혼자 사는 그 자체에 절망해 본 적은 없다. 쓸쓸한 나머지 생활하는 즐거움을 포기해 버린 경험은 한번도 없다. 기분 나쁜 일이 있거나 슬픈 일이 있거나 하면 꽃을 사다 방안 가득히 장식한다. 또 맛있는 음식을 만들어서 초를 켜고 나름대로의 시간을 즐긴다. 짝이 없어 여기까지 왔다 해도 정신적으로 염락하지 않고 아마 변함없이 혼자서 지낼지도 모른다.

늙은 리리안 캣시와 베티 데이비스가 자매 역으로 출연한 영화 〈팔월의 고래〉를 봐도 인생의 종말을 맞이하는 직전까지 여자에게는 살아가는 것을 본능적으로 즐길 능력이 있다.

언니 데이비스는 맹인의 노녀. 그런 언니를 돌보는 캣시도 노녀다. 두 사람은 바닷가의 집에서 조용히 살고 있다. 동생 역의 캣시는 나이 든 몸을 움직여 집안일을 모두 맡아서 한다. 변함없는 매일이지만 거기에는 비참함의 그림자란 느낄 수 없다.

스크린에서는 집 속까지 불어오는 바다의 냄새, 꽃향기, 청결하게 세탁한 하얀 커튼의 목면의 향기, 가구 광택제의 향기까지 전해 온다. 아마 레몬향이 날 것 같다는 상상을 하면서 화면을 보고 있으면 여자가 생활을 즐긴다는 것은 얼마나 사치스런 일인가 하고 새삼 느끼게 된다.

부엌 창가에 한 송이의 장미를 꽂고 정원의 화단을 손질하고, 언니의 머리를 감겨 주면서 지내는 생활, 내일도 모레도 변함없는 생활 속에서 그 생활을 즐기면서 죽음을 받아들이려는 준비를 계속한다.

요즘에 내 친구들도 남편이 먼저 죽으면 여자 친구끼리 모여서 살자는 얘기를 종종 한다. 그러나 그런 약속을 일부러 하지 않아도 여자란 동물은 혼자가 되었을 때 마음의 밸런스를 갖는다. 그러기 위해서 지혜를 모으면서 살아가니까. 나이 든 여자들이 산책하다 들꽃 몇 송이 꺾어 들고 식탁 위에 꽂아 놓는 것만으로도 마음이 밝아지는 광경은 쉽게 상상이 간다. 그러나 나이 든 남자의 광경으로는 도무지 현실감이 없다. 아마 그것이 여자와 남자가 결정적으로 다른 점이 아닌가 생각한다.

# 여행 가방

나의 인생이란 여행에 짐은 필요없다.

나름대로 여행을 자주 하는 편인데 전혀 여행에 익숙해지지 않는다. 특히 가방 속이 그렇다. 꼭 필요한 것만을 간소하게 챙기는 일이 아직도 서툴다.

예를 들어 일주일 정도의 여행이라면 낮에 돌아다닐 때 입을 옷과 밤에 입을 드레스 하나 정도면 기본적으로 된다.

그런데 일주일 매일 다른 옷을 입는다는 계산으로 드레스랑 거기에 맞는 구두, 벨트, 액세서리 등을 모두 집어 넣으니까 문제다.

결국 여행 중에 입는 옷은 언제나 같은 것뿐이다. 매일 같은 옷을 입어도 상관이 없다는 얘기다.

한번도 입어 보지 않은 채 가지고 돌아오는 옷이 대부분이다. 구두도 그렇고 벨트도 그렇다. 한두 벌이면 될 것을 이것도 저것도 가져가는 나에게는 일종의 안심감 또는 정신안정제 같은 역할을 한다.

그러나 숙박하는 호텔에 도착해서 짐을 풀 때 그 많은 옷들에 대한 자기 혐오감은 정신안정에 전혀 도움이 되지 않는다. 여행이 끝날 때까지 한번도 입어 보지 않고 꺼냈다가 집어넣었다가 도대체 내가 무엇을 하고 있나 하는 생각을 하면 자신이 한심스럽기 짝이 없다.

또 있다. 책이다. 비행기 속에서나 여행지에서 시간을 틈타 평소에 읽지 못했던 책을 읽을 작정으로 대여섯 권 챙겨 넣는다.

결과는 뻔하다. 한 권은커녕 한번도 펼쳐 보지 않은 채 그냥 가지고 돌아온다. 여행을 떠나는 순간 정신이 불안정해져서 책 따위에는 집중이 안 된다.

원고지도 그렇다. 쓸데없는 욕심으로 원고지 한 묶음에 지우개, 연필 모두 챙겨 넣는다. 한 줄도 못 쓴다는 사실을 뻔히 알면서도.

그렇게 해서 나의 여행 가방은 우람한 바위만큼 커진다. 혼자의 힘으로는 도저히 들 수 없을 정도로.

나는 엘리베이터가 없는 아파트 5층에 살고 있다. 그래서 여행을 떠날 때마다 짐을 들고 계단을 내려가는 고행(?)이 의식(儀式)처럼 되어 있다.

몇 년 전까지만 해도 그 바위 같은 가방을 들고서 계단을 내려올 수 있었다. 고통과 인내와 팔의 힘으로. 그러나 지금은 도저히 그 바위 같은 가방을 들고 일층까지 내려갈 수가 없다.

언제나 여행가는 날이면 나는 남동생을 불러 도움을 청

한다. 비행장에서 짐을 찾아 내려놓을 때도 다른 사람의 힘을 빌린다. 나는 언제나 힘이 있을 것 같고 친절할 것 같은 남자 옆에 달라붙어서 짐이 나오길 기다린다.

그렇게 무거운 여행 가방을 들고 혼자 하는 여행이 많은 나는 결국 다른 남자의 팔뚝을 빌리고 힘을 빌려서 여행하는 셈이다.

차라리 짐을 줄이면 될 텐데. 아직도 그것이 잘 되질 않는다. 욕심이 많아서가 아니라 우매해서 그렇다. 인생에 무엇이 필요하고 무엇이 필요하지 않은지, 무엇이 중요하고 무엇이 그렇지 않은지를 판단하는 능력이 없다는 얘기다. 이 나이가 되도록.

미국의 여류 작가 마야 안젤로우의 《나의 인생이라는 여행에 짐은 필요없다》라는 책을 읽으면 문득 부끄럽다는 생각이 든다. 아직도 바위 같은 짐가방을 끌고 다니는 나 자신이.

# 하나를 잃고 하나를 얻고

언제나 하나를 택해야 하는 일은 괴롭다. 하나를 얻으면 하
나를 잃는다는 진리 때문이다.

힘겹고 우울하면 나는 폭음 폭식하는 나쁜 버릇이 있다.
그런 내가 요즘 사기에 배신까지 당했으니 나의 나쁜 버릇
이 때를 만난 셈이다. 울분으로 매일 폭음 폭식이다.

술만 해도 그렇다. 분해서 마시고, 억울해서 마시고, 생각
할수록 기가 막혀서 마시고, 그런 식이다. 안주는 여느 때
보다 더 맵고 짠 것만을 골라서 먹게 된다.

그래서인지 위장에 탈이 생겼다. 아무래도 상태가 심상치
않은 것 같아서 병원엘 갔다.

진찰을 하고 난 의사가 내게 말했다.

"인간은 죽는 것이 아니라 자살하는 겁니다."

담배와 과식, 밤샘, 소금 과잉섭취, 스트레스 등으로 우리
들은 매일 자신의 몸을 괴롭히고 있다는 얘기다.

그래서 백 살까지 살 수 있는 육체에 암을 만들고 고혈
압을 촉진시키고 위를 헐게 만들고. 인간은 그렇게 자신의

수명을 단축시키고 있다는 말에 납득이 갔다.

나는 그 의사의 명언에 느끼는 바가 컸다. 나 역시도 많은 자살 행위를 하고 있으니까. 폭음 폭식에 밤새워서 책을 읽는 일까지.

의사는 내게 주의를 주기 위해 그 명문구를 가르쳐 주셨지만 모든 자살적 행위를 내가 그만두지 않는 것은 그 행위들이 인생의 즐거움이 되었기 때문이다.

'고대 그리스는 모르고 우리만 알고 있는 즐거움이 있다'고 말한 프랑스의 문학가가 있다. 그것은 독서와 담배라는 얘기다.

고대 그리스 사람들은 책을 갖고 있지 않았다. 그래서 독서의 쾌락을 몰랐다. 독서를 하면서 한 모금씩 피워대는 담배의 그 맛을 느끼지 못했다는 얘기다.

나는 책을 읽으면서 담배를 피우는 즐거움은 모르지만 마음에 드는 책이 있으면 밤늦게까지 심취해서 읽는 즐거움에는 공감이 간다.

예전과는 달리 늦도록 책을 읽고 나면 다음날 모든 리듬이 깨져서 반나절은 거의 쓸모없는 시간이 되어 버린다. 그래도 역시 그만두기 어려운 즐거움이다.

또 하나의 일이 끝난 뒤 술 한잔 하면서 이것저것 몽상하는 즐거움도 큰 즐거움이다.

무더운 여름날 위의 상태야 어떻든 시원한 맥주를 단숨

에 들이키는 즐거움도 있다.

술을 마시는 이상 안주도 중요하다. 의사들 중에는 간을 보호하기 위해 안주는 치즈나 생선류로 하라는 분도 계시지만 술 마실 때마다 그런 걸 챙겨 먹는 일도 그렇다.

예를 들어 몸에 나쁘지만 다소 짜고 매운 젓갈 같은 것이 나는 좋다. 그 맛 역시 포기할 수 없다.

과식은 좋지 않다. 설탕도 지나치게 섭취하면 좋지 않다고 하지만 그것 역시 무리다. 나는 아침마다 두껍게 썬 빵에 잼을 듬뿍 발라서 먹는 즐거움을 포기할 수 없다. 아이스크림도 먹고 싶다.

그렇게 생각해 보면 오래 살기 위해서는 인생의 모든 즐거움을 포기해야 한다. 담배를 피우지 않는 인생, 술을 끊은 인생, 단것을 전혀 먹지 않는 인생. 그런 인생을 생각하면 쓸쓸하기 짝이 없다.

결국 인생관이 문제라는 말이 된다. 오래 살기 위해서 인생의 즐거움을 모두 버린 건강만을 위한 생활을 할 것인가, 아니면 인간은 언젠가는 죽기 때문에 다소 단명하더라도 좋아하는 것을 먹고 좋아하는 일을 하는 생활을 할 것인가.

건강을 위해서 금주, 금연하고 겨울에도 추위 속에서 마라톤을 할 것인가, 따뜻한 이불 속에서 좋아하는 책을 읽을 것인가.

먹고 마시고 담배를 피우고 밤샘을 하고 그러면서도 오

래 살고 싶은 심정은 누구에게나 있다. 그러나 두 가지를 공존시키는 일은 그 의사에 의하면 아무래도 어려운 일 같다.

언제나 하나를 택해야 하는 일은 괴롭다. 하나를 얻으면 하나를 잃는다는 진리가 오늘따라 새삼스럽다.

# 내 인생은 봄

현명한 사람은 어떤 경우에도 평정심을 잃지 않는다.
평정심이란 보통과 변함이 없이 침착한 마음이다.

인생, 무엇이 즐거운가 하면 저녁 노을이 질 때쯤 동네
한 바퀴 산책하는 일이다. 특히 봄 저녁이면 더욱 좋다. 투
명하고 달콤한 바람이 기분 좋게 피부에 와 닿고 매화랑
개나리가 피어 있는 골목길을 천천히 걸어서 동네 선술집
으로 술 마시러 가는 일, 그것 또한 즐겁다.

물론 핸섬한 남자라도 동행하면 더 이상의 행복은 없겠
지만, 이 나이가 되고 보면 같이 술을 마셔 줄 핸섬한 남자
도 나타나 줄 것 같지가 않다.

그래서 동네 선술집에서 외롭게 한 잔, 한 잔, 또 한 잔
그러면서 이런저런 생각에 잠겨 보는 일도 재미있다.

나의 인생을 한마디로 말한다면 낙천적이라고 표현할 수
밖에 없다. 나의 성격도 그렇다. 50년이란 인생을 그런대로
지내올 수 있었던 것도 낙천적이었기 때문이 아닌가 하고
느낄 때가 많다. 낙천적이고 뒤를 돌아보지 않는 점, 그것

이 나의 인생의 특징이다.

낙천적인 일생이라고 하면 언뜻 듣기에 봄볕에 감싸이듯 편안한 일생 같지만 실제는 그렇지 않다. 낙천가는 오히려 고생을 사서 하는 점이 있다. 왜냐하면 낙천가는 현실에 대해서는 주의를 하지 않기 때문이다. 사람을 의심하지 않는다. 무엇이든 잘 된다고 생각한다. 그것을 좋게 말하면 희망을 잃지 않는다라는 말이 되지만 동시에 바보라는 얘기로도 통한다.

나의 40대는 괴로움의 연속이었다. 그 괴로움의 대부분은 나 자신이 만든 것이었다는 걸 이제 와서야 겨우 알았다. 자기 집에 불이 나면 우선 피해야 한다. 그것이 재난을 가능한 한 적게 하는 사람의 지혜다. 그런데 나는 불타고 있는 집 속에 젖은 멍석을 갖고 들어가는 식의 일을 몇 번이고 해 왔다. 그것도 필사의 각오를 하고 가는 게 아니다. 괜찮겠지, 어떻게 되겠지 하면서 불 속으로 뛰어 들어간다. 숨이 막히고 불더미 속에서 허우적거리다 비로소 이럴 작정은 아니었는데 하고 생각하지만 뛰어든 이상은 어쩔 수 없다. 그리고 불이 꺼지면 이내 불난리가 있었던 것은 잊어버리고 만다. 그래서 좀처럼 고생이 몸에 배이질 않는다.

현명한 사람은 어떤 경우에도 평정심을 잃지 않는다. 평정심이라는 건 보통과 변함이 없이 침착한 마음이라고 하지만 나는 보통때도 그런 침착한 마음이 없다. 무슨 일이 있으면 금세 열받는다. 그래서 고생을 두 배 세 배로 만들어 버리고 만다.

그러나 그런 기질 때문에 인생에 대한 열정을 잃지 않고 있는지도 모르겠다.

나는 요즘 친구에게 일억이 넘는 돈을 사기당했지만 며칠 배신감에 괴로워하다 말았다. 돈의 손실도 이미 잊어버렸다. 나를 이렇게 낙천적인 성격으로 낳아 주신 부모 그리고 낙천성을 더 폭넓게 해 준 많은 고통들에 대해서 고맙게 생각하고 있다. 낙천적인 이상 나의 인생은 영원히 봄일 테니까.

# 있어도 허무하더라

> 땅은 인간을 타락시켰다. 게다가 그 타락을 부끄럽게
> 생각하지도 않고 그냥 이익을 본다는 한 가지에 행복
> 을 집중시켰다.

'자식을 위해서 땅을 사지 않는다'라는 유명한 말이 있다. 그것은 말하기는 쉽지만 실행하기는 쉽지 않은 얘기다.

누구든 자식은 귀엽다. 예를 들어 자기가 번 돈을 천 원이든 만 원이든 남겨 주면 자식을 빈몸으로 세상에 내놓는 것보다 얼마나 마음 든든한가. 그것은 부모가 지켜 주지 않아도 돈이 자식을 지켜 줄 것이 아닌가 하고 기대하기 때문이다.

그러나 달콤한 설탕이 충치를 만들듯이 돈은 자식을 지켜 주기보다는 해치는 일이 훨씬 많다.

수억 원의 재산을 가진 청년은 일을 안해도 돈이 들어오니까 단돈 만 원의 일당을 받으면서 땀흘리며 일하는 걸 바보스럽게 생각할지 모른다.

요즘 황금족의 하루 용돈이 수백만 원이라고 한다. 한 번 외출하는데 몸치장비만 해도 수천만 원이 넘는다는 얘기에

놀라지 않을 수 없다.

그들은 예전에 부동산 투기로 한몫 거머쥔 이른바 졸부의 2세들이 대부분이다. 외제 승용차에 고급시계, 구두, 옷. 심지어는 인기 연예인을 애인으로 두고 돈을 물쓰듯 한다. 그런데도 그들은 외롭고 허무하다는 얘기다.

땅이라는 게 인간의 마음에서 따뜻함이랑 배려라는 걸 빼앗아 버렸다.

옛날에는 땀흘려 일하면 매일 얻어지는 행복이 있었다. 한국인은 그 행복을 잘 알고 있었다.

그러나 지금은 다르다. 땀흘리지 않고 땅값의 오름에 의해 일하지 않아도 되는 인생을 행복하다고 생각하는 사람도 늘었다.

땅은 인간을 타락시켰다. 게다가 그 타락을 부끄럽게 생각하지도 않고, 그냥 이익을 본다는 한 가지에 행복을 집중시켰다.

아무개는 70세까지 열심히 일하고 선조의 땅을 지켜왔다. 그 노력의 결과로 선조의 유산을 받아 안락한 생활을 손에 넣을 수 있었다. 그 이상 축하할 일이 없다. 아무개는 자신의 것에 의해 부자가 되었으니까.

자기의 것이 아닌 것으로 부자가 되어가는 사람이 늘어가는 데 문제가 있다. 또 그런 게 비판받지 않을 뿐더러 당연한 일이 되어지고 있다. 잘했다고 오히려 부러워한다.

한국인의 마음은 병들고 말았다. 돈이면 무엇이든 할 수 있다고, 그것이 돈을 가진 사람의 권리라고 생각한다. 그 권리를 행사하지 않으면 손해라는 해석이 지금 이 사회에는 활개를 친다.

톨스토이의 《사람은 어느만큼의 땅이 필요한가》라는 소설이 있다. 주인공이 광활한 토지를 소유하고 있는 부족한테 가서 땅을 사는 얘기다. 그날 걷기 시작해서 해가 질 때까지 원 지점으로 돌아오면 그만큼의 땅을 얻을 수 있다고 했다. 주인공은 욕심을 부려서 걷고 또 걸었다. 될수록 멀리 멀리 갔다. 지점으로 돌아왔을 때는 너무 힘이 들어 숨이 끊어지고 말았다는 얘기다. 욕심을 부리지 말라는 교훈일 것이다.

땅은 누구의 것인가?

땅은 이마에 땀흘려 일하고 그것을 획득한 지주의 것이다. 지주의 것이기 때문에 세금을 내고 있다. 그런 다 알고 있는 일을 논해야 한다는 사실이 한심스런 세상이라는 얘기다.

부동산 값이 다시 오름새를 보일 전망이라니 은근히 걱정이다. 또 누가 한몫 거머쥐어 돈에 중독이나 되지 않을까 해서이다. 무엇보다도 돈을 물쓰듯 하면서 허무하다니, 농담도 쉬면서 하라고 하고 싶다.

# 죽음에 대한 소망

모든 사람은 존경을 받으며 죽음에 마주 대할 권리가 있다.
고통 속에 우리들의 늙은 육체와 혼을 방치해 두는 일은
의사들의 태만이라는 생각이 든다.

나는 인간으로서 존경을 받으며 죽고 싶다. 육체와 신경, 뼈와 내장의 진통에 울부짖으며 죽고 싶지는 않다. 울부짖을 만큼의 체력이 전혀 없는 상태의 고통 속에서 죽는 건 정말 싫다.

나는 죽는다면 죽음의 때를 나 자신이 정하고 싶다. 괴로워하며 진통제 같은 것으로 억지로 연명하기는 싫다.

나는 나의 어머니를 암으로 잃어버렸다. 그때 어머니의 나이는 64세였다. 마지막으로 어머니를 뵈었을 때 나는 심장이 터질 것 같았다. 어머니는 뼈와 가죽만 남은 고통의 존재처럼 보였다.

그때 내 가슴엔 격한 분노가 일었다. 왜 인간은 죽을 때 이렇게 괴로워하지 않으면 안되는가. 의학이 발달하고 온갖 약이 만들어지고 훌륭한 의료기술이 발달되었는데 그럼에도 불구하고 죽음을 향한 사람들의 고통을 덜어 줄 수 없

262

다는 것은 어떻게 된 일인가. 신장 이식이 가능하고 복잡한 뇌나 심장 수술이 가능하고, 오래 살 수 있게 되었는데 우리들이 죽을 때의 보살핌은 전혀 없다는 생각이 든다.

의사와 국가는, 아니 우리들 한 사람 한 사람 모두가 언젠가 누구에게든 평등하게 찾아오는 죽음에 대해서 생각하지 않으면 안된다. 그래서 안락사의 문제를 포함해서 죽음의 의학, 죽음의 학문, 죽음의 카운슬링 같은 것이 필요하다고 생각한다.

모든 사람은 존경을 받으며 죽음에 마주 대할 권리가 있다. 고통 속에 우리들의 늙은 육체와 혼을 방치해 두는 일은 의사들의 태만이라는 생각까지 든다.

우리들은 그것이 누구이든 인간을(동물도 마찬가지다) 뼈와 가죽만이 남은 고통의 존재로 방치해서는 안 된다.

인간은 누구든 언젠가는 죽는다. 그것은 어쩔 수 없다.

그러나 만일 우리들에게 적어도 고통이 없는 죽음이 약속되어 있다면 우리들의 생은 얼마나 구원받는 것인가. 그렇게 되면 아마 인간은 행복으로 충만되어 충실하게 살아갈 수 있지 않을까 싶다.

안락사라는 것과 함께 존경사도 필요하다는 걸 느꼈다. 나의 어머니의 죽음을 보고.

# 희망을 갖는다면

희망을 갖는다는 것은 희망의 실현을 바라는 일이다. 그래
서 눈에 보이지 않는 절실한 바람이 그것을 실현시키는 데
큰 역할을 한다.

어려운 생활 속에서 살아가는 활력을 주는 것은 무엇인
가. 괴로울 때도 힘들 때도 억척스럽게 살아갈 수 있는 힘
은 무엇인가. 괴로움이 그렇게 길게는 지속되지 않을 것이
라고 믿는 힘은 무엇일까. 실패를 성공으로 이끌고 불가능
을 가능하게 하고 약점을 강점으로 만들어 가는 힘, 그것은
오직 희망이라는 두 글자이다.

희망을 갖는다는 것은 희망의 실현을 바라는 일이다. 그
래서 눈에 보이지 않는 절실한 바람이 그것을 실현시키는
데 큰 역할을 한다.

예를 들어 운동시합을 하는 우리 편 선수에게 힘찬 응원
을 보내면 선수도 거기에 보답하려고 더 분발한다. 그러나
아무 것도 기대하지 않으면 그 나름대로의 결과밖에 돌아
오지 않는다. 즉 바람이나 무의식의 마음이 강할수록 그것
이 강한 에너지가 된다는 얘기다.

희망을 갖고 있는지 없는지는 그 사람이 향하고 있는 방향을 보면 금방 알 수 있다.

희망을 갖고 있는 사람은 미래에 눈이 향해 있다. 후회만 하고 희망을 갖고 있지 않는 사람은 과거에 향하고 있다.

자신을 불행하다고 생각하는 사람은 과거의 실패나 인간 관계의 좌절, 불행했던 일을 되새기며 그때마다 '만일'이라는 말을 반복한다. 만일 좀더 현명한 판단을 했다면, 만일 다른 방법을 택했다면, 만일 IMF가 없었다면 하는 식으로. '만일'이 영원히 계속된다.

보는 방향을 바꾸지 않으면 행복은 없다. 만일이 아니라 '이번에야말로'라는 그 말이 현실에 실망한 우리들에게 다시 설 수 있는 힘을 주는 것이다.

IMF 한파 속에 괴롭지 않은 사람이 어디 있겠는가. 문제는 괴로울 때는 그것이 언제까지라도 계속될 것이라고 생각해 버리는 데 있다. 모든 것을 절망적으로 보거나 비극의 주인공 같은 생각이 들기도 한다. 그러나 그것을 핑계로 삼아서는 안 된다.

얼마 전 얘기다. 친구와 그 친구의 동생과 연관되어 나는 일억이 넘는 돈을 손해 봤다. 쉽게 얘기해서 사기를 당했다. 요즘처럼 어렵고 작가란 직업을 갖고 있는 내게는 상당히 큰 돈이었다.

문제는 이런저런 사연이 있다 하더라도 IMF이기 때문에 힘들어서 그 돈을 갚을 수 없다고 주장하는 상대편의 태도이다. 힘든 상황은 내게도 마찬가지다. 그런데 핑계를 만들어 책임 회피를 하고 상대에 대한 배려가 전혀 없다는 것이다.

어렵다는 핑계 속에는 30년의 우정도 빌려간 돈을 정당히 갚아야 한다는 인간적인 양심도 없었다. 쉬운 얘기로 나는 친구에게 배신당하고 돈까지 잃어버린 셈이다.

분노와 경제적인 어려움, 그 뒤에 남는 대답은 절망뿐이었다.

몇 개월의 고민과 갈등과 괴로움 속에서 나는 생각을 바꿨다. 희망을 갖자고. 절망은 아무런 힘도 될 수 없다고. 괴로운 시간은 그렇게 오래 계속되지 않는다. 폭풍은 언젠가 사그러든다. 고난도 극복할 수가 있다. 희망을 갖고 산다면 말이다. 희망은 두뇌를 명석하게 하는 움직임이 있기 때문이다. 나뿐만이 아니라 모든 사람들이 어려운 상황이다. 그런 속에서 지금 당장 가질 수 있는 것은 무엇인가. 돈도 명예도 아니다. 희망이다. 희망을 가지고 그 희망이 실현된다는 것을 믿으면 아무리 잔인한 상황이라도 견뎌낼 수 있다.

우리들의 머리 속에서 안 될지도 모른다는 생각을 하지 않는 한 이미 어려움은 극복되는 것이니까.

# 뜨겁게 열중할 수 있다면

적어도 나는 괴로워하면서 하루 두세 장 쓰는 그 순간의
두근거림과 긴장감 때문에 이 일을 하고 있다.

일상생활 속에서 무엇인가 테마를 찾아내서 그것을 수필로 쓰는 것만큼 내게 어려운 일은 없다. 수필은 자기가 체험한 이외의 일은 쓸 수 없다. 거짓말이나 만들어 낸 얘기는 곤란하기 때문이다.

작가라는 직업은 책상 앞에 앉아서 원고 용지를 메우지 않으면 안되지만, 그럴려면 여기저기 다녀야 한다. 들어야 하고 봐야 하니까.

대부분의 작가들은 책상 앞에 앉아 있는 시간이 압도적으로 많고 걷는 일이 극단적으로 적다. 심한 경우에는 술집에 가거나 책방에 들르는 정도의 거리밖에는 걷질 않는다.

하루에도 수천 권의 신간이 나온다. 그런 상태이고 보면 나 같은 사람은 생존경쟁에서 제외되기 십상이다. 일 년이나 이 년에 한 번씩 단행본을 내는 정도로는 어림없다는 계산이 나온다.

신간이 나와서 점두에 놓여 있는 시간은 길어야 일주일에서 이주일 정도. 초 베스트셀러 작가 이외에는 팔리지 않으면 바로 다음 작품을 써야 한다는 결론이 나온다.

그러면 다시 하루에 쏟아져 나오는 신간이 더 많아지고 결국 자기가 자기의 목을 조르는 악순환이 되고 만다.

흔히 바다가 보이는 서재에서 파이프를 물고 천천히 워드프로세서를 치는 작가의 모습을 영화 같은 데서 본다.

그렇게 오전중에 대여섯 장 쓰고 책을 읽고 근처를 산책하고. 그러다 선술집에서 두세 잔 술 마시고. 그러고 나서 다시 두세 장 쓰고 늦은 점심을 먹고 그런 식으로 해 보는 게 나의 꿈이다.

신간은 서점에 놓이기는 하지만 팔리지 않으면 일주일로 점두에서 모습이 사라진다. 3일 정도로 모습을 감추는 경우도 있다.

많이 팔리면 한 달이고 두 달이고 놓아 두지만 그렇지 않으면 겨우 일주일에 거둬 버린다.

어떤 때는 서점까지 가져가긴 하지만 실상 놓을 자리조차도 없는 게 실정이다. 정말 약육강식의 세계, 그 숙로가 책방의 점두에는 있다.

그러나 적어도 나는 괴로워하면서 하루 두세 장 쓰는 그 순간의 두근거림과 긴장감 때문에 이 일을 하고 있다. 그건 내가 쓰는 것을 좋아한다는 일은 숨은 재능이 있다는 걸

꼭 믿고 싶어서이다.

　문장력이라든가 구성력이라든가 문체라든가 하는 게 아니라 뜨겁도록 열중할 수 있는 것.

　누구에게든 그런 게 있으면 그것이 바로 재능이다.

# 왜들 이럴까

마음을 꾸욱 누르고 매사에 한 발 물러서면 풍파를 헤쳐
나갈 수 있다. 당연하다. 그러면 풍파가 생길 일이 없다. 그
가슴에 폭풍우가 일어나는 것이 문제다.

고생에 고생을 거듭하면서 50년을 살아왔는데 이제 와서
아주머니들이 뻔뻔하다, 귀염성이 없다, 징그럽다는 얘기를
젊은 사람들에게서 듣는 건 화가 난다.

원래 아주머니는 심술궂은 현실주의자라고 누군지는 모
르지만 그렇게 정하고 오래 전부터 내려오고 있다.

그 아주머니의 전통을 왜 이제 와서 깨지 않으면 안되는
가 말이다.

그러면 귀여운 아주머니란 어떤 아주머니인지, 이상적인
아주머니란 어떤 아주머니인지 진짜 궁금하다.

얼마 전 미용실에서 들춰 본 여성잡지에 재미있는 게 있
었다. 아주머니의 특성에 대한 열거 사항이었다. 내용은 이
러했다.

'옛날에는 이랬다 저랬다 하고 고생했던 얘기만을 한다.

아깝다고 해서 남은 음식을 억지로 먹는다. 또 먹어라 먹

어라 권유한다. 먹지 않으면 화를 내고 결국 아깝다고 자기가 먹고 속이 안 좋으면 먹지 않았던 사람의 책임으로 돌린다. TV드라마를 보면서 울고 옆에서 같이 보는 사람들의 흥을 깬다. 뉴스를 보면서 일일이 의견을 말한다.

젊은 애들이 즐겁게 담소하고 있는 사이에 끼어들어 웃고 있는 이유를 이것저것 질문한다. 어차피 설명해도 모르면서. 나이가 들면 시들어서 당연한 일인데 언제까지나 젊어 보이게 꾸미는 게 싫다. 더 지저분하게 보인다. 어디서고 음란한 얘기가 나오면 선두에 선다. 외출하고 싶지만 돈이 없으니까라는 말을 입버릇처럼 한다.'

이상의 내용은 젊은이들이 아주머니를 보는 눈, 다시 말해서 그들에게 비춰진 아주머니의 이미지다.

할말을 잃었다. 전에는 어머니는 어머니로서, 누나는 누나로서, 아주머니는 아주머니로서의 존재가 확실했다. 존재하고 있는 그 자체에 이상형이라든가 이미지라든가의 의미를 부여하지 않았다.

그런데 지금은 다르다. 어머니도 누나도 아주머니도 젊은이의 눈치를 보는 입장이 되었다. 어떻게 보여지고 있는가 하는 식으로.

말하자면 아주머니라는 소리를 듣지 않으려면 입 다물고 있으라는 얘기다. 나 같은 사람에게 그런 요구는 무리다. 노망이 들지 않는 한.

행복한 노후는 뭐니 뭐니 해도 젊은이들과 사이좋게 지내는 것이라고 고명하신 분이 TV에서 말하는 걸 봤다. 자아를 버리고 타협하려는 마음을 갖고 타인을 이해하려고 노력하고, 비판하고 싶은 마음을 꾸욱 누르고 매사에 한 발 물러서면 풍파를 헤쳐 나갈 수 있다는 얘기다.

당연하다. 그러면 풍파가 생길 일이 없다. 그 가슴에 폭풍우가 일어나는 것이 문제다.

예전에는 귀여운 며느리라는 소릴 듣기 위해서 모든 사람들로부터 귀염을 받아야 한다고 어머니들은 말했다. 그러나 지금은 '귀여운 아주머니가 됩시다. 방긋방긋 웃고 잔소리 안하고 참견하지 않는 아주머니가 좋다'고 젊은이들은 말한다.

그러면 방긋방긋 웃고, 하는 얘기를 잘 들어주고 많이 먹으라는 얘기 안하면 산뜻한 아주머니인가?

아니다. 중년의 문화가 형평성을 이루고 사회 전반이 어른스러워지지 않는 한 아주머니에 대한 차별과 멸시는 변함이 없다.

우리 문화가 너무 젊은이 위주의 젊음 지상천국을 만들었기 때문이다.

일확천금, 한탕주의, 황금만능주의, 이런 풍토가 아버지 부재의 슬픈 문화를 만들더니 드디어는 아주머니 부재의 문화를 만들지나 않을까 하는 조바심이 난다. 젊은이들에게

272

있어 아주머니는 곧 그들의 어머니가 된다. 어머니는 오직 어머니라는 이유만으로도 존재할 수 있는 완전 조건인 것이다.

어느 사회든 아주머니들의 힘이 없이는 지탱할 수 없다. 그것은 곧 어머니의 힘이니까.

젊은이들, 남성이든 여성이든 무조건 아주머니를 비난하고 흉보는 일은 그만둬야 한다.

지나가는 늙은이를 흉보지 마라. 우리 모두가 언젠가는 가야 하는 길이다.

# 여성시대, 여성을 위하여

시간과 책과 자기를 위한 공간이 확보된다면 문학은 여성
에게 있어서 택할 수 있는 가장 가까운 예술이 될 것이다.

19세기가 되면서 상류와 중류층 여성들은 어느 정도 자
유시간과 교육을 손에 넣을 수 있게 되었다. 또 자기에게
걸맞는 남편을 스스로 선택할 수도 있게 되었다.

그러나 영국의 4대 여류작가 젠 오스틴과 에밀리 브론테,
샤롯 브론테, 조지 엘리어트는 아이를 갖지 않았다. 그녀들
중 두 사람은 결혼도 하지 않았다.

여류작가 버지니아 울프 역시 결혼은 했지만 아이는 없
었다. 가정부가 있다 하더라도 육아와 가사에 얽매여 있으
면 창작활동이 불가능하다는 것이었다.

프로이드적인 사고로는 남자는 여자처럼 아이를 창조하
는 일이 불가능하니까 그 보상 행위로써 예술이나 문학의
창작, 과학적 발명과 발견을 하는 것이라고 한다.

그렇다면 아이들이 없는 여성이 남성들에게 그 부족을
채워 주려고 작가가 된다는 해설도 가능할 게다.

274

어느 쪽이든 문학의 여러 가지 형식 중에 픽션은 여성이 손을 대는 데 가장 용이했다. 이유는 명백하다. 소설은 극작이나 시작에 비교하면 정신의 집중을 덜 필요로 했기 때문인지도 모른다. 조지 엘리어트는 쓰는 손을 멈추고 아버지를 간병했다. 그리고 샤롯 브론테는 펜을 놓고 감자를 심었다.

거기에 여성은 언제나 가족들에게 휩싸여서 거실에 있기 때문에 인간 관찰, 성격 분석이 편협되어 있었다. 그래서 여류작가의 테마는 중산층급의 응접실에서 체험할 수 있는 것에 한해 있었다. 남자라면 전장도 되고 전쟁에도 참여하고, 더 폭넓은 체험을 할 수 있는 데 비해서.

여성이 쓰는 것에는 남성의 작품에서는 찾아볼 수 없는 색채를 띠는 경향도 있다. 다시 말해서 여성이 놓여 있는 지위에의 반항, 분노, 괴로움, 한. 그러나 그것은 불평 불만이나 슬픔 또는 권리 주장 등으로 작품이 왜곡당할 수밖에 없었다. 따라서 예술작품으로서 가장 본질적인 것을 잃기 쉬웠다.

대략 10년 전까지만 해도 여성의 발언에는 피해자 의식이 저류하고 어깨에 힘을 주는 자세가 눈에 띄었지만 요즘은 거의 자연스럽게 쓰는 사람들이 많다.

아마 여성의 입장, 적어도 글을 쓰는 여성의 지위가 향상하고 남성 이상으로 다양한 경험을 하고 권리를 주장하지 않아도 되게 되어 있기 때문인지도 모른다.

버지니아 울프도 1929년경에 여류작가가 피해자 의식을 졸업하는 경향이 있다고 쓰고 있다.

여성들은 독자의 의견을 갖기 시작했다. 여성들 자신의 가치관을 존중하게 됐다. 때문에 자기 자신보다는 다른 여성에게 흥미를 갖고 자전적인 테마를 벗어나 사회문제로서 타의 여성에게 관심을 나타내기 시작했다. 사회 참여로 여성으로서의 가치관을 찾으려는 경향이 생겼다.

장래 시간과 책과 자기를 위한 스페이스(공간)가 확보된다면 문학은 여성에게 있어서 택할 수 있는 가장 가까운 예술이 될 것이다.

소설뿐만 아니라 보다 세련된 에세이, 평론, 역사, 전기에도 손을 댈 수 있게 되는 것은 시간 문제이다.

울프 여사에 의하면 에세이는 소설보다도 소피스티케트(sophisticate)된 씌어지는 것으로서의 위치에 놓여 있다고 한다. 그것은 에세이에는 정신의 밀도가 요구되기 때문이 아닌가 한다. 글을 쓰는 사람의 세 가지 신기(神器)는 자유 시간, 책, 자신만의 스페이스라고 말할 수 있다.

여성은 이제 비로소 자신의 시간과 책 그리고 공간을 갖게 됐다. 그 공간은 어느 장소에서가 아니라 여성 자신의 가슴속의 공간을 얘기한다. 여성이 여성으로 있을 수 있는 자신만의 공간을. 그 이상의 든든함은 없지 않겠는가?

# 강한 여자가 아름다운 이유

초판 인쇄/1999년 10월 20일
초판 발행/1999년 10월 25일

저자 · 김가영

펴낸 이 · 임종대/펴낸곳 · 미래문화사
등록 번호 · 제3-44호/등록 일자 · 1976년 10월 19일
ⓒ1999, 미래문화사

주소 · 서울시 용산구 효창동 5-421   ⓤ140-120
전화/715-4507, 713-6647
팩시밀리/713-4805

값 7,000원

ISBN 89-7299-181-303810

· 잘못 만들어진 책은 바꾸어 드립니다.
· 저자와의 협의하에 인지는 생략합니다.

쾌적한분위기 지방서대를 여는

# 태 화 서 적

울산시 중구 우정동 285-7
TEL. (0522) 45-5557

| 책 명 | 간강하기 아름다운 약 | | |
|---|---|---|---|
| 출판사 | | 정 가 | 구입처 |
| 저 자 | 이시바 히데야스 | 2,000 | |
| 기 호 | 1 2 3 4 5 6 7 8 9 10 | | |